Das Buch

Albert Kreitmayer alias Homer würzt den Alltag treffsicher mit Zitaten aus der griechischen Literatur. Aus Zufall ist der Buchhändler zum Hobbydetektiv geworden. Und nachdem er seinen ersten Fall »Homer und der Tote vom Schlossberg« gelöst hat, stösst der bayerische Maigret bald wieder auf ungeahnte Rätsel der Vergangenheit.

Auf einer griechischen Insel begegnet dem Detektiv der lange schon tot geglaubte Mitschüler Haller. Vor der Neugierde Homers ist niemand sicher: nach Firstau zurückgekehrt – unschwer lässt sich dieser fiktive Ort als Dachau entschlüsseln – nimmt der unermüdliche Homer seine Recherchen auf. Hartnäckig und gewitzt verfolgt er mit Hilfe seiner Freunde einen Fall, den die Kripo Jahre zuvor als solchen gar nicht erkannt hatte und lüftet schließlich ein lange verborgenes Geheimnis ... Ein Lesevergnügen mit Lokalkolorit!

Der Autor

Michael Böhm, 1947 im Taunus geboren, schreibt seit seiner Jugendzeit. Er lebt nun gut drei Jahrzehnte in Dachau. Dort und im Umland spielen die beiden Bände der Hirtmoor-Chronik und sein erster Roman um den Hobbydetektiv Albert Kreitmayer »Homer und der Tote vom Schlossberg«. Böhm erlernte den Beruf des Schriftsetzers, legte die Meisterprüfung ab und war mehrere Jahre als Ausbilder tätig. Mit der zunehmenden Umorientierung seines Berufes vom Handwerk zur Elektronik wechselte er in die EDV. Heute arbeitet er in einem Rechenzentrum der Automobilindustrie.

Michael Böhm

Homer und ein Freund aus alten Tagen

Albert Kreitmayers zweite Ermittlung

Kriminalroman

verlag der criminale

Der Verlag der Criminale ist ein BoD™-Verlag der Buch & medi@ GmbH, München. Dieser Verlag publiziert ausschließlich Books on Demand in Zusammenarbeit mit der Books on Demand GmbH, Norderstedt, und dem Hamburger Buchgrossisten Libri. Die Bücher werden elektronisch gespeichert und auf Bestellung gedruckt, deshalb sind sie nie vergriffen. Books on Demand sind über den klassischen Buchhandel und Internet-Buchhandlungen zu beziehen.

Weitere Informationen über den Verlag und sein Programm unter:
www.verlag-der-criminale.de

Die kursiv gedruckten Zitate stammen aus »Odyssee« und »Ilias« von Homer, nach der Übersetzung von Roland Hampe, erschienen im Reclam Verlag, Stuttgart 1979.

März 2002
Verlag der Criminale
Ein BoD™-Verlag der Buch & medi@ GmbH, München
© 2002 Michael Böhm
Umschlaggestaltung: Bauer+Möhring, Berlin
Herstellung: Books on Demand GmbH, Norderstedt
Printed in Germany · ISBN 3-935877-29-3

*Du weißt, wie sehr wir der Freundschaft bedürfen.
Gib, dass ich diesem schönsten, schwierigsten, riskantesten
und zartesten Geschäft des Lebens gewachsen bin.*

Gebet von Antoine de Saint-Exupéry

Prolog

Die zwei kleinen Männer gehen, allerdings völlig unbewusst, im Gleichschritt nebeneinander her, an der Kapelle vorüber und biegen in einen hangabwärtsführenden Hauptweg des Waldfriedhofes ein. Es ist früher Vormittag, die Sonne steht noch niedrig über den Hügelkuppen. Alle Anzeichen deuten darauf hin, und auch der Wetterbericht lautet so, dass es ein sonniger, aber kalter Oktobertag werden wird.

Beide Männer tragen Mäntel. Der Jüngere, der kaum merkbar hinkt, einen Dufflecoat, der Ältere einen dunkelgrauen Wollmantel mit Pelzkragen.

»Ich bin mir nicht mehr ganz sicher, Doktor, war es der zweite oder der dritte Querweg«, sagt Albert Kreitmayer zu seinem Begleiter.

Kreitmayer, Inhaber der Buchhandlung »Homer & Freunde«, von seinen Freunden Homer genannt, weil er zu gerne bei jeder, seiner Ansicht nach passenden Gelegenheit aus »Ilias« oder »Odyssee« zitiert, schiebt seine Hände noch tiefer in die Manteltaschen. Er hat seinen Schritt verlangsamt. Durch seine Goldrandbrille sieht er sich abschätzend um.

»Wir haben Zeit, Homer«, meint Dr. Kurt-Egon Loderer. »Ist es nicht der zweite, nehmen wir eben den dritten.« Seine Brille ist ihm bis zur vor Kälte roten Nasenspitze gerutscht. Wasserblaue fröhliche Augen sehen Homer an.

Loderer, studierter Germanist, war Lektor in einem Münchner Verlag gewesen. Seitdem er im Ruhestand lebt, nennt er sich in einem Anflug von Selbstironie Privatgelehrter.

»Ich würde es doch gerne zuerst mit dem dritten versuchen«, schlägt Homer vor.

»Dann mal los.«

Als nehme er diese Worte als Befehl, stürmt Homer regelrecht davon. Mit etlichen Schritten Vorsprung schwenkt er in den Seitenweg ein. Loderer lässt ihn schmunzelnd ziehen. Er kennt inzwischen das manchmal überraschend wie ein Vulkan ausbrechende Temperament Homers.

Und schon sieht er ihn winken und mit dem anderen Arm auf ein Grab deuten. Hat er also mit dem dritten Weg doch Recht behalten.

»Sie haben ein bewunderungswürdiges Erinnerungsvermögen, Homer«, lobt der kleine Doktor im Näherkommen.

Auf Kreitmayers hagerem Gesicht liegt ein leises Lächeln. »Ich staune selbst über mich, Doktor. Immerhin sind es zwölf Jahre her seit der Beerdigung damals.« Er blickt sich um. »Die Umgebung hat sich mit den Jahren auch ganz schön verändert.«

Loderer betrachtet das gepflegte Grab, den grauen, niedrigen Granitstein, an dem eine Kupferplatte, nur etwas größer als eine Postkarte, befestigt ist. Auf dieser Platte sind die Namen Hubert Haller und Franka Haller geb. Donizetti eingraviert. Keine Jahreszahlen.

»Donizetti?«, fragt Loderer, Homer zugewandt. »Gibt es da eine Verbindung zur Familie von Gaetano?«

Kreitmayer hebt seine Schultern. »Keine Ahnung, Doktor. Ich habe Franka nicht gekannt.«

Sie stehen nebeneinander.

»Im Sommer vor zwölf Jahren sind Hubi und seine Frau mit einem Sportflugzeug abgestürzt«, sagt Homer.

Loderer wirft ihm einen schnellen Blick zu. »War das nahe unserem Flugplatz? Ich meine mich schwach zu erinnern.«

Homer nickt bestätigend.

»Hubi und ich gingen in eine Klasse. Er war unser erster Toter.« Nach kurzer Pause: »Inzwischen sind es schon vier.« Kreitmayers Stimme klingt bei diesen Worten irgendwie tonlos.

»War er ein Freund von Ihnen, Homer?«

Kreitmayer scheint über diese Frage nachzudenken.

»Ich weiß nicht, Doktor. Vielleicht. Hubi war ein Einzelgänger. So richtig nah stand er eigentlich niemandem aus der Klasse. Als ich zum ersten Mal den ›Steppenwolf‹ von Hesse las, assoziierte ich Hubi sofort mit Harry Haller.«

Er grinst, wenn auch nur als Andeutung. »Was nichts mit dem gleichen Nachnamen zu tun hat.«

»Ich verstehe, was Sie sagen wollen«, sagt Loderer. Dann weist er mit dem Kopf zum Grab hin. »Das Grab ist sehr gut gepflegt. Wer sorgt dafür? Oder ... wer bezahlt dafür? Hat Haller oder seine Frau noch Familie hier?«

»Hubi hatte eine Schwester. Vielleicht sie? Über die Familie seiner Frau weiß ich nichts.«

Die Männer schweigen. Zwei Vögel irgendwo in den nahen Bäumen führen eine muntere Unterhaltung. Der schrille Pfiff der Lokalbahn zerschneidet regelrecht den friedvollen Morgen. Durch Bäume, Sträucher und besonders durch die hohe, dichte Hecke, die den

Friedhof begrenzt, können sie die Bahn nicht sehen, nur hören, als sie vorüberrumpelt.

Dann ist es wieder still. Auch die Vögel haben ihr Gezwitscher eingestellt.

»Warum, Homer, haben Sie mich gebeten, mit Ihnen zu diesem Grab zu kommen?«

Homer atmet tief durch, dann sagt er: »*Darum ertrage es jetzt dein Herz, meine Worte zu hören.*«

Loderer kann ein Lächeln nicht unterdrücken, als Kreitmayer seine Erklärung mit einem Homerzitat einleitet.

»Vor einigen Tagen habe ich Hubi Haller getroffen und mit ihm gesprochen.«

Dem kleinen Doktor reißt es regelrecht den Kopf zur Seite. Staunend, mit leicht offenem Mund, sieht er Homer an. »Mit diesem Toten dort?«

»Hubi war quicklebendig, Doktor.«

»Wo haben Sie ihn getroffen?«

»Auf Korfu, Doktor.«

»Irrtum ausgeschlossen, nehme ich an?«

»Jeder Irrtum ausgeschlossen.«

»Wer liegt dann in diesem Grab, Homer?«

»Ich weiß es nicht.« Homer sieht dem Doktor in die Augen. »Tote, mal abgesehen vom Gottessohn, sind doch nun einmal tot, oder Doktor?«

Loderers Augen leuchten auf. »Ein neuer Fall, Homer?«

Ganz vorsichtig nickt Homer. »Ich muss versuchen, mir einen Reim darauf zu machen, warum ich mit einem vermeintlich Toten sprechen konnte.«

»Nehmen Sie mich wieder mit ins Boot, Homer?«

Homer legt seine rechte Hand auf die Schulter des kleinen Doktors. »Gerade darum habe ich Sie gebeten, mich hierher zu begleiten.«

Loderer reibt sich die Hände, aus Freude, keinesfalls weil ihm kalt ist.

»Ich werde mich jetzt auf mein Stahlross schwingen und zu meiner Buchhandlung reiten«, sagt Homer.

»Und ich besuche meine Frau.« Loderer wirft einen Blick auf seine Uhr. »Ich bin spät dran. Meine Süße wird sich schon fragen, wo ich bleibe.«

Loderers Frau ist seit mehr als dreißig Jahren tot. Jeden Morgen, auch bei Wind und Wetter, um die gleiche Zeit findet sich der Doktor an ihrem Grab ein und redet mit ihr, als säße sie neben ihm.

»Sie wird staunen, was ich ihr heute zu erzählen habe.« Loderers Gesicht strahlt.

Das Haus im Olivenhain

Der leichte Wind kam von den Albaner Bergen her. Die Sonne wurde noch vom Pandokrator, dem höchsten Berg Korfus, verdeckt. Doch ihr silbernes Licht spielte bereits mit dem leichten Dunst über dem Meer. Es war die frühe Stunde, in der es keine Schatten gab und die Homer so liebte. Alles schien außerhalb der Zeit zu schweben. Jeden Moment hätte das hölzerne Schiff auftauchen können, mit Odysseus, der sich breitbeinig mit fester Hand am Mast festhielt. Als die Fantasie Homer bereits die grauen Umrisse vorgaukelte, griff er instinktiv nach seiner Flöte, die er auf seinem Schoß liegen hatte. Leise begann er eine Melodie zu improvisieren. Wie oft hatte Spiros ihm diese alten Hirtenlieder vorgesungen. Odysseus hob seine freie Hand zum Gruß. *»Träume kommen von Zeus her«*, dachte Homer.

Ein Bündel goldener Sonnenstrahlen kam plötzlich aus dem Nichts. Sie lösten den antiken Helden, sein Schiff und auch den verzauberten Dunst in wenigen Augenblicken auf.

Ein kleines Fischerboot schaukelte auf dem blauen Wasser.

Homer lehnte sich in dem Stuhl zurück, hielt seine Flöte in beiden Händen. Im ersten Grau des Morgens war er aufgestanden und auf Zehenspitzen aus dem Schlafzimmer geschlichen. Auf der Terrasse hatte er seine erste Zigarette geraucht. Danach ließ er sich ohne Widerstand vom Zauber des jungen Tages einfangen.

Er dachte jetzt an Biggi und sein Herz begann zu pochen. Geduld, mein Herz, murmelte er. Er öffnete die Schatztruhe seiner Lebensbilder. In seinem Kopf wurde die Szene lebendig, in der Biggi zum ersten Mal seine Buchhandlung betrat. Jede Sekunde erlebte er, als liefe sie gerade eben ab. Die Sequenz endete mit dem Abgang von Biggi und Homers fester Überzeugung, soeben der Frau seines Lebens begegnet zu sein.

Unbewusst hatte er seine Augen geschlossen. Erneut schwebte er in einem Zustand zwischen Traum und Wirklichkeit. Er verspürte ein intensives Gefühl, für das er keinen anderen Namen als Glückseligkeit hatte. Seine Gedanken an Biggi waren so tief, dass er meinte, ihre Augen auf sich zu spüren. Intuitiv sah er sich um. Biggi stand hinter der Terrassentür. War das Fantasie oder Realität? Hatte ihn nicht Odysseus vorhin gegrüßt? Und jetzt sah er Biggi hinter dem spiegelnden Glas.

Homer erhob sich aus dem Stuhl, legte seine Flöte auf den Sitz

und ging zur Tür. Biggis Gestalt verflüchtigte sich nicht. Sie trug ein buntes Tuch um die Hüften und hielt »Bärli«, den Teddy, den ihr Homer vor der Reise geschenkt hatte, an ihre Brust gedrückt. Sie standen sich gegenüber, sie innen, er außen und sahen sich an. Homer spürte zuerst gar nicht, dass ihm Tränen über die Wangen kullerten.
»Du bist so unendlich schön«, sagte er leise.
Biggi lächelte.

Anfang Oktober war Professor Aumüller in die Buchhandlung »Homer & Freunde« gekommen, um mehrere spezielle Bücher zu bestellen. Seine Frau Biggi, die an diesem Nachmittag Homer bei der Arbeit half, nahm seine Liste entgegen, sah sie durch und gab sie an Homer weiter. Fast beiläufig erwähnte Aumüller, dass er nach China reisen würde, für knapp zwei Monate. Für einen Professor der Geologie an der TU München war es keineswegs ungewöhnlich, längere Exkursionen zu irgendwelchen Zielen zu unternehmen.
Biggi sah ihren Mann mit einer Mischung aus Erstaunen und Ärger an. Davon hörte sie gerade zum ersten Mal.
Homers Herz dagegen hüpfte sofort vor Freude.
Seit Jahren kam Biggi Aumüller gerne, wenn Homer sie zur Unterstützung in der Buchhandlung brauchte. Dabei ließ Homer keine Gelegenheit aus, um ihr zart seine Verehrung zu zeigen. Und nicht erst seit sie sich in den Tagen von Homers Ermittlung um den „Toten vom Schlossberg" nahe gekommen waren, träumte Homer davon, mit Biggi nach Korfu zu reisen, wo er ein Haus besaß.
Zwei Tage später nahm Biggi seine Einladung an, für eine Woche mit ihm nach Korfu zu fliegen.
Nach Biggis Zusage rief Homer Ludwig Krimmer an.
Lukas Falk, der Herausgeber des »Kreisboten«, hatte Krimmer von einer Münchner Personen- und Objektschutz-Agentur engagiert, als Homer während der Recherche um den »Toten vom Schlossberg« tätlich angegriffen worden war. In den wenigen Tagen ihrer Zusammenarbeit waren der riesige Bodyguard und der schmächtige Buchhändler Freunde geworden. Von Anfang an hatte Krimmer sich für Homers Arbeit interessiert. Und der hatte ihm alle seine Fragen, und das waren beileibe nicht wenige, geduldig beantwortet. Anhand von Beispielen hatte er ihm deutlich gemacht, um was es ging. »Ich habe mich in deinen romantischen Laden ganz einfach verliebt«, gestand Ludwig ein. Immer wieder tauchte der Hüne sporadisch auf und

machte sich mit Begeisterung in der Buchhandlung nützlich, bevor er wieder in seine Welt verschwand.

Nachdem Krimmer seine Termine geprüft hatte, sagte er gerne zu, für eine Woche einzuspringen.

»Du kannst beruhigt deine Pilgerfahrt der Liebe antreten, mein Freund«, meinte er.

Aufgeregt wie ein kleiner Junge fieberte Homer der Reise entgegen.

Und endlich war der ersehnte Tag da.

Selig, Hand in Hand mit Biggi, saß er auf dem Flughafen im Wartebereich vor dem Gate. Für alles, was um ihn herum vorging, hatte er keine Augen. Er sah nur Biggi, ihr zartes Gesicht mit den lustigen Sommersprossen, diese klaren grünen Augen.

Plötzlich wurde er aus seiner Versunkenheit aufgeschreckt. Ein Mann in mittleren Jahren sprach Biggi an, gab sich als Fan zu erkennen und bat um ein Autogramm.

Biggi Swensson war, bevor sie Professor Aumüller heiratete, in der europäischen Musikszene ein Star gewesen. Ihr Name stand für den gehobenen Schlager. Von einer speziellen Fangemeinde wurde sie auch als besonders begnadete Jazzsängerin verehrt. Inzwischen war es still um sie geworden. Nur noch selten trat sie in Münchner Jazzlokalen oder in Hotelbars auf. In längeren, unregelmäßigen Abständen erschienen neue CDs mit Jazztiteln, die immer noch ihre Käufer fanden.

In dem Moment, als die Boeing 737 von der Startbahn abhob, begann auch etwas in Homer zu fliegen. Er hatte das Gefühl, dass plötzlich alles anders war. Mit jedem Meter Abstand zum Boden ließ er die Wirklichkeit weiter hinter sich und meinte, in einen Traum hineinzuschweben. Er griff nach Biggis Hand und schloss die Augen.

Nach der Landung auf Korfu und nachdem sie ihr Gepäck vom Rollband genommen hatten, traten sie durch die automatische Glastür hinaus. Und dort erwartete sie Nikos, ein untersetzter, breitschultriger Mann mit dichten dunklen Haaren, einem Schnurrbart und Dreitagebart. Er war einer der einheimischen Freunde Homers aus Acharávi. In seinem klapprigen Lieferauto, das in Deutschland durch keine TÜV-Prüfung gekommen wäre, fuhr er sie nach Norden.

Als sie Acharávi erreichten, bog Nikos von der Hauptstraße ab, lenkte in eine enge Gasse hinein, die leicht anstieg und dann steil wurde. Vor einem weißen Haus am Hang, das am Rande eines weiten Olivenhains stand, hielt Nikos an.

»Wir sind da«, sagte Homer, sah Biggi an und seine Augen leuchteten.

Das Haus, mit grünen Läden, mit ockerfarbenen Ziegeln gedeckt, wurde von drei Zypressen, die im Licht dunkelblau schimmerten, überragt.

An der Hand führte Homer Biggi durch sein Haus. Es war sparsam, doch geschmackvoll eingerichtet. Vom lichtdurchfluteten Wohnraum aus führte eine hölzerne Wendeltreppe nach oben. Dort befand sich das Schlafzimmer, das Bad sowie zwei weitere Zimmer.

Homer trat mit Biggi hinaus auf die Terrasse. Die Aussicht von dort war traumhaft schön.

Der Blick ging über den Olivenhain. Im lauen Wind schienen sich die silbrig schimmernden Blätter wellenförmig zu bewegen. Weiter unten am Hang spitzten einige rote und sandfarbene Dächer über die Baumwipfel. Das ionische Meer wirkte spiegelglatt. Seine Farbe wechselte von Türkis ins helle Blau, wurde dunkler und verschwamm als dunstiges Grau mit dem Horizont. Nach Osten zu erstreckte sich eine gelbgrüne Ebene, in der verstreut einige Häuser standen. Dahinter ein schmaler Streifen heller Sand, der sich in dunklen Felsen verlor. Der Blick endete an den Albaner Bergen, scharf umrissen gegen den Himmel, die Gipfel schneebedeckt. Die Sonne stand schon ziemlich tief im Westen über der wie ein Schattenriss wirkenden Insel Erikoussa.

Am Abend aßen sie im »Prospero's«, dem Restaurant des »St. George's Bay Country Club«. Von ihrem Zweiertisch aus konnten sie dem ruhig brennenden Feuer im Kamin zusehen. An der dunklen Holzdecke tanzten Schatten. Draußen rauschte leise das Meer.

Durch eine Nebentür kam ein Mann herein. Er war mittelgroß, hatte ein schmales Gesicht und schütteres, seltsam farbloses Haar. Mit einer leichten Verbeugung trat er an ihren Tisch.

»Guten Abend. Ich hoffe, ich störe nicht«, sagte er.

Seine Stimme klang warm und irgendwie schmeichelnd.

Auf Homers Gesicht erschien ein breites Lächeln

»Hallo, Peter«, sagte er und stand auf. Die Männer umarmten sich.

»Peter, ich möchte dir Biggi vorstellen«, sagte Homer. »Biggi, das ist mein Freund Peter Sattler.«

Sattler verneigte sich vor Biggi, nahm die Hand, die sie ihm reichte, und führte sie nahe an seine Lippen.

»Herzlich willkommen, Biggi, im ›St. George's Bay Country Club‹«.

Leicht nach vorne gebeugt, eine Hand auf dem Rücken, ging sein Blick von Biggi zu Homer. »Darf ich euch an die Bar einladen?«

Kurz darauf verließen sie das »Prospero's« und spazierten auf dem Kiesweg hinüber zum Clubhaus. Der Himmel hatte die Farbe von dunklem Samt. Unzählige Sterne funkelten wie Diamanten. Neben der fast schwarzen Silhouette des Pandokrator stand als schmale Sichel der Neumond. Vom Meer her strich ein leichter warmer Wind.

Im Clubhaus gingen sie links an der Rezeption und an der Sitzecke, mit tiefen Sesseln vor dunklen Tischen, vorbei. Sie betraten die »Prinz-Philip-Bar« und nahmen an einem Tisch am Fenster Platz. Über die beleuchtete Terrasse hinweg sahen sie den Swimmingpool.

Sattler ging zur Bar.

»Dein Freund, Albert, wirkt auf mich wie ein Engländer«, sagte Biggi.

Homer lachte leise. »Gut, Biggi. Er ist Engländer, wie sein Vater. Seine Mutter ist Deutsche.«

»Was macht er hier?«

»Peter gehört dieser Club.«

Sattler kam zurück und setzte sich zu ihnen.

»Alles zu deiner Zufriedenheit, Homer?«, fragte er.

»Alles bestens, Peter. Danke.« Homer erklärte Biggi: »Peter und seine Leute, nimm Nikos zum Beispiel, sind die Heinzelmännchen, die mein Haus vor dem Verfall bewahren und es, immer wenn ich komme, vorbereiten.«

Der junge Barkeeper brachte die Getränke. Für Biggi ein Glas Champagner, für Homer und Sattler einen Whisky.

Peter Sattler erwies sich als unterhaltsamer Plauderer, war schlagfertig, besaß eine gehörige Portion des berühmten schwarzen Humors, den man den Engländern nachsagt.

Später spazierten Homer und Biggi durch die Nacht.

Homer erzählte, ganz auf seine weitschweifende Art, von seiner Freundschaft mit Peter.

Ihre beiden Mütter waren alte Freundinnen. So verschieden die zwei Buben waren, hatten sie doch eines gemeinsam, nämlich problematische Eltern. Als sie den Wunsch äußerten, sich in den Sommerferien zu besuchen, wurde dem ohne weiteres zugestimmt. Ihre Freundschaft wurde mit den Jahren so eng, dass sie sich beinahe als Brüder sahen. Peter studierte nach der Schule in England Wirtschaftswissenschaften, Homer in München Altgriechisch. In den

Semesterferien unternahmen sie gemeinsame Reisen, von den Eltern mit großzügiger Reisekasse ausgestattet. So kamen sie eines Tages, ein spontaner Entschluss, mit der Fähre vom Peleponnes herüber nach Korfu. Sie mieteten am Hafen ein kleines Auto und fuhren los. Irgendwann kamen sie dann in das lang gezogene, zwischen Bergen und Meer liegende, vom Tourismus noch völlig unberührte Dorf Acharávi. Auf ihrem Erkundungsgang entdeckten sie, nur einige Steinwürfe vom damaligen Ortsrand weg, ein altes Landgut, offenbar nicht mehr bewirtschaftet, aber in seiner Verwilderung irgendwie romantisch. Das Gelände zog sich von der Straße bis hinunter zum Strand der St. George's Bay. Homer erinnerte sich noch gut an den versonnen Blick des Freundes. Noch ahnte er nicht, was Peter in diesem Augenblick tagträumte. Er folgte ihm unbedenklich, als dieser durch eine Lücke in der verfallenen Mauer auf das Gelände des Gutes vordrang. Sie arbeiteten sich durch Gestrüpp, hüfthohes Gras, unter Oliven- und Mandelbäumen hindurch in Richtung Meer vor. Plötzlich standen sie vor der Ruine eines alten Hauses, das, obwohl ihm der Großteil des Daches sowie die Fenster fehlten, doch die Würde alter Schönheit ausstrahlte. In der Nähe fanden sich einige weitere Gebäude, deren Zustand noch jämmerlicher war. Unmittelbar vor dem Strand standen die Reste eines lang gezogenen flachen Hauses. Vom Dach waren nur noch wenige Balken vorhanden. Durch eine Öffnung an der Stirnseite – Fragmente einer Tür hingen an verrosteten Angeln – traten sie in das Innere und störten eine Herde wilder Ziegen, die offensichtlich hier ihr Domizil hatten. Am Strand setzten sie sich in den warmen gelben Sand, sahen über das Meer. Lange wurde kein Wort gesprochen. Schließlich sagte Peter: »Ich bin am Ziel, Albert. Dieses Gelände wird mir gehören. Wenn es Schwierigkeiten gibt, werde ich mit dem Kopf durch die Wand rennen.«

Und so geschah es.

Die Schrift im Sand

Mit Biggi an seiner Seite schwebte Homer regelrecht durch den Tag und die Nacht. Wie lange hatte er sich zusammen mit ihr nach Korfu fantasiert. Und jetzt war sein Traum Wirklichkeit. Und doch wusste er, es waren Tage des geliehenen Glücks.

Auf Homers Motorroller machten sie einen Ausflug nach Sidari. Als sie dort ganz vorne auf den Klippen standen, sagte Homer: »Das ist der Canal d'Amor, Biggi. Er ist nach dem Gott der Liebe benannt.« Sie blickten in die enge Bucht mit den senkrecht abfallenden weißgelben Wänden. Das Wasser war türkisfarben und glasklar.

Biggi entdeckte die nackte Frau auf einem Felsvorsprung knapp über dem Wasser.

»Was macht dich so sicher, Biggi, dass es eine Frau ist?«

»Ich habe doch nichts an den Augen, Albert.«

»Es könnte auch eine Nymphe sein.« Er drückte Biggi an sich. »Wir sind in Griechenland und der Mythos ist im Alltag lebendig.«

Am nächsten Morgen regnete es. Nikos brachte ihnen in einem Korb das Frühstück vom Club herauf. Homer versprach Biggi, bis Mittag würde die Sonne wieder scheinen.

Noch im leichten Regen, in Regenmänteln, mit Hüten und Gummistiefeln, wanderten sie in bester Laune am Strand entlang. Die noch immer dunklen Wolken, die träge von den Albaner Bergen heransegelten, störten sie nicht. Irgendwo kniete Homer sich in den feuchten Sand.

›Ich liebe dich, Biggi‹, schrieb er mit den Fingern.

Ohne etwas zu sagen, sah Biggi auf die Schrift im Sand.

Als sie den kleinen Hafen von Roda erreichten, hatte der Regen aufgehört. Zu den Bergen hin schien es heller zu werden. Ein Stück weit wagten sie sich auf die Mole hinaus. Die Wellen schlugen gegen die mächtigen Steine und schickten immer wieder hohe Fontänen darüber hinweg.

Am Nachmittag machten sie Irini in deren Keramikwerkstatt ihre Aufwartung. Irini war vor Jahren die Geliebte von Peter und ihm heute noch eine gute Freundin. Nur als kurze Visite gedacht, dehnte sich der Besuch dann bis zum Abend aus.

In Nikos' Lieferwagen fuhren sie am folgenden Morgen mit nach Kerkira, der Hauptstadt. Ohne jede Eile bummelten sie durch die schöne Stadt. Später ließen sie sich in einem Taxi zum »Achilleion«, dem romantischen weißen Schlösschen der Kaiserin Sissi hoch über der Stadt, fahren. Danach ging es wieder hinunter, jetzt zur malerischen Klosterinsel Vlachérna. Auf einer Steinbank sitzend, die Köpfe aneinandergelehnt, sahen sie hinüber zur winzigen Mäuseinsel, mit den dunkel aufragenden Zypressen und der kleinen weißen Kirche. Hin und wieder dröhnte ein Flugzeug über ihre Köpfe hinweg.

Erneut in einem Taxi verließen sie die Stadt in Richtung Nordwesten, fuhren quer über die Insel. Homer zeigte Biggi Paleokastritsa, für die Korfioten der schönste Platz auf Erden, und das Kloster Panagia Theotókos, hoch oben auf einem Felsvorsprung.

Nach ihrer Rückkehr nach Acharávi besuchten sie Spiros, den Bürgermeister des Ortes, und ein Freund von Peter und Homer. Spiros' Haus lag inmitten eines weiten Gartens mit Oliven-, Mandel-, Zitronen- und Orangenbäumen.

Unter der Arkade, die sich die gesamte Breite des Hauses entlangzog, saßen zwei Männer an einem Tisch einander gegenüber. Beide hatten den Kopf in ihre Hände gestützt.

»Der rechte ist Spiros, der andere Alexandros, sein Schwager«, sagte Homer. »Sie spielen Tavli. Du kennst es sicher als Backgammon, Biggi.«

Nur wenige Schritte von den Männern entfernt saß eine alte weißhaarige Frau auf einem hochlehnigen Stuhl. Sie trug ein einfaches schwarzes Kleid, die gefalteten Hände lagen in ihrem Schoß.

Erst als sie herantraten, nahmen die beiden Männer Notiz von ihnen. Auf Spiros' markantem Gesicht erschien ein breites Lächeln. Der andere schaute mürrisch, wie verärgert. Seine Kopfform glich einem überdimensionalen Ei. Im Winkel seines schiefen Mundes hing ein kalter Zigarettenstummel.

Homer ging zu der alten Frau, beugte sich zu ihr hin, küsste sie sanft auf beide Wangen und flüsterte ihr einige Worte ins Ohr. Als Antwort kam ein kurzer koketter Augenaufschlag. Dann bedeckten die langen Wimpern wieder ihre Augen.

Inzwischen hatte Spiros seinen massigen Körper aus dem Stuhl hochgestemmt. Seinen kantigen Schädel umrahmte eine schwarze, mit grau durchsetzte Mähne. Durch seinen dichten strubbeligen Schnurrbart ähnelte der Bürgermeister einem Seelöwen. Aus dem Kragen seines offenen Hemdes lugten graue Brusthaare. Die Arme und die Handrücken waren stark behaart.

Spiros begrüßte Homer mit einer langen herzlichen Umarmung. »Du hast mich lange warten lassen, mein Freund«, sagte er in gutem

Deutsch mit tiefer, kräftiger Stimme. »Dieses Teufelsweib Irini hat gesagt: Spiros, dieser Dinosaurus, der kann ruhig warten.«
»Woher weißt du das, Spiros?«, fragte Homer erstaunt.
»Von ihr selbst.« Der Bürgermeister lachte dröhnend. »Sie ist das respektloseste Weib, das mir je untergekommen ist.«
Spiros sah Biggi freundlich an.
»Stelle mich deiner aparten Begleiterin vor, mein Freund.«
»Von Biggi hat dir Irini nichts gesagt?« Homer schmunzelte.
»Natürlich hat sie nichts gesagt. Das Weib ist die Bosheit selbst.«
Homer machte die beiden bekannt. Spiros nahm Biggis Hand zwischen seine Pranken, so, als würden sie ein winziges Vögelchen umschließen.
Dann ging er zur nahen Tür und rief einige Worte, die wie Befehle klangen, nach innen. Von der Hauswand zog er zwei Stühle an den Tisch und bat Biggi und Homer sich zu setzen.
»Wie geht es deiner Mutter, Spiros?«, fragte Homer.
»Sie wird fast von Tag zu Tag wunderlicher.« Spiros lachte, aber es war ein liebevolles Lachen. »Jeden Morgen erwacht sie mit der Angst, sich selbst tot im Bett liegen zu sehen. Sie meint, es sei noch nicht Zeit für sie zu gehen. Darum betet sie viel. Aber ihr Beten ist mehr der Versuch eines Handels.« Er zwinkerte Homer zu. »Mutter weiß, *dass nicht mehr lange lebt, wer mit den Unsterblichen streitet.*«
Homer drohte ihm grinsend mit dem Finger.
Spiros feixte. »Ich bin von Geburt her ein Bruder Homers, mein Freund, und habe das Recht ihn zu zitieren.«
Ein junges, kräftiges, dunkelhaariges Mädchen trat aus dem Haus. Sie brachte ein Tablett, das sie wortlos auf dem Tisch abstellte. Auf dem Tablett standen Gläser, ein irdener Weinkrug, eine Schale mit Oliven, ein Brett mit Brot sowie eine Flasche Ouzo.
Spiros goss Ouzo in kleine Gläser und verteilte sie.
Bei rotem Wein, Brot und Oliven entwickelte sich eine muntere Unterhaltung, die Spiros, aus Höflichkeit Biggi gegenüber, auf Deutsch führte. Alexandros kaute selbstvergessen an seinem Zigarettenstummel, starrte mit seinen dunklen Augen ins Nichts. Die Mutter war auf ihrem Stuhl inzwischen eingedöst.

Der Mann mit den roten Haaren

Peter Sattler lud sie zum Frühstück auf die Terrasse hinter dem Clubhaus ein. Zeit spielte überhaupt keine Rolle und so trennten sie sich erst zwei Stunden später. Am Abend wollten sie sich in der »Prinz-Philip-Bar« treffen.

Homer und Biggi gingen zum Strand hinunter. Im Sand wanderten sie auf Cape Agios Ekaterinis zu. In Richtung Albanien, wie Homer es ausdrückte.

Irgendwo, sie schienen allein auf der Welt zu sein, setzte Homer sich mit einem Seufzer in den Sand. Biggi tat es ihm lachend nach. Aneinandergelehnt sahen sie über das Meer, lauschten dem gleichmäßigen Ton der flachen Wellen, blickten hinüber zu den graublau schimmernden Bergen und ergaben sich ganz dem Augenblick.

Für den Rückweg schlug Homer einen Weg vor, der oberhalb des Strandes verlief. Homer zeigte Biggi am Hang, inmitten dem Grün der Olivenbäume, sein Haus. Vor ihnen, dort, wo der Weg in scharfem Winkel zu den Bergen hin abbog, befand sich eine Taverne. Homer war einige Male dort eingekehrt, doch sein letzter Besuch lag bereits Jahre zurück.

Im Schatten des weiten Vorbaues setzten sie sich an einen der runden Tische. Vor dem Eingang des Hauses sah Homer einen Mann stehen. Zuerst meinte er einer Sinnestäuschung zu erliegen. Er schüttelte heftig seinen Kopf. Der Mann verschwand im Haus. Homer kreuzte die Arme vor der Brust und lehnte sich in seinem Stuhl zurück. In seinem Kopf spukte das Bild des Mannes herum.

Gerade als er sich gedankenverloren eine Zigarette anzündete, sprach eine Männerstimme Biggi an, auf Englisch. Homer zuckte regelrecht herum und sah dem rothaarigen Mann direkt in die Augen – braune Augen. Sekundenlang starrten sie sich an. Der Blick des Rothaarigen war fest, voller Selbstbewusstsein, nicht der leiseste Hauch von Unsicherheit.

Erst Biggis Bestellung – zwei Gläser Rotwein – löste den Blickkontakt der Männer.

Als der Wirt zum Haus zurückging, blickte ihm Homer stirnrunzelnd nach. Der Mann mit dem rotblonden Dreitagebart war hoch gewachsen, schlank, und bewegte sich eigenartig unkoordiniert. Momentaufnahmen aus der Vergangenheit erwachten aus Homers Erinnerung. Er ließ sich nicht irritieren, traute seinen Augen, wusste, wer dieser Mann war. Und er wusste, dass dem anderen klar war, er, Homer, hatte ihn erkannt.

Biggis Hand legte sich auf seinen Arm. »Träumst du, Albert?«

Wie ertappt lächelte er Biggi an. »Entschuldige«, murmelte er. Seine Zigarette war fast bis zum Filter heruntergebrannt. Er drückte sie im Aschenbecher aus.

»Der Wirt scheint uns für Engländer zu halten«, sagte Biggi.

Homer nickte mit seltsam abwesendem Gesichtsausdruck. Er hatte eine weitere Zigarette aus der Schachtel genommen, behielt sie jedoch zwischen den Fingern ohne sie anzuzünden.

Kurz darauf brachte der Rothaarige den Wein. Als er die Gläser auf den Tisch gestellt hatte, deutete er eine Verbeugung an und ging wieder. Er hatte vielleicht die Hälfte der Strecke zur Tür hin zurückgelegt, als Homer plötzlich aus seinem Stuhl hochsprang und ihm mit schnellen Schritten folgte.

»Hubi.«

Der Mann schien regelrecht in der Bewegung zu erstarren. Erst als Homer hinter ihm stand, drehte er sich langsam um. Die beiden Männer sahen sich stumm an. Mit einem Male lächelte der Rothaarige und sagte: »Non sum qualis eram – Ich bin nicht mehr der, der ich war.«

Träume ich am helllichten Tag, fragte sich Homer. Welches Spiel spielen wir denn hier? Die Situation war doch zu grotesk.

»Dies diem docet – Es wird sich zeigen«, sagte er.

Der Rothaarige öffnete die Lippen, als wolle er etwas sagen, entschied sich dann wohl anders. Ohne sein Lächeln zu verlieren, drehte er sich um und verschwand im Haus.

Homer war im ersten Augenblick versucht, ihm nachzugehen. Doch er machte kehrt und ging zum Tisch zurück. Biggi sah ihn fragend an. Homer schüttelte den Kopf. Er versuchte jeden Gedanken an die unwirkliche Szene zur Seite zu schieben. Mit gespielter Munterkeit unterhielt er sich mit Biggi.

Nachdem sie ihren Wein getrunken hatten, klemmte Homer einen Geldschein unter sein Glas.

Als sie eine kurze Strecke weit von der Taverne entfernt waren, blickte Homer noch einmal zurück. Hinter einem Fenster meinte er den roten Haarschopf zu erkennen. Sicher war er sich nicht.

»Was war das vorhin, Albert?«, wollte Biggi wissen.

Er sah sie nachdenklich an. »Wenn ich das so genau wüsste, Biggi. Willst du mich mal zwicken, damit ich spüre, dass ich nicht träume?«

Sie zwickte ihn tatsächlich in den Oberarm und zwar so kräftig, dass er leise aufschrie.

»Du träumst nicht, Albert. Wir spazieren durch einen ganz realen Tag.«

»Schau, gerade daran habe ich meine begründeten Zweifel. Im wirklichen Leben agieren Tote nämlich nicht als Tavernenwirte.«

Biggi sah ihn mit großen Augen an.

»Ich bin mir hundert Prozent sicher, in dem rothaarigen Wirt einen alten Schulfreund erkannt zu haben. Hubert Haller, genannte Hubi. Und Hubi ist seit zwölf Jahren tot.«

Biggi verschlug es auf diese Aussage hin offenbar die Sprache. Erst eine ganze Strecke weiter fragte sie: »Hat er dich auch erkannt?«

»Natürlich hat er das«, sagte Homer bestimmt.

Er grübelte und grübelte. Seine Gedanken liefen im Hamsterrad.

Bevor sie die Hauptstraße überquerten, fragte Biggi: »Und jetzt, Albert?«

Homer blieb stehen: »Ich weiß es nicht, Biggi. Ich weiß es wirklich nicht. Gib mir bitte etwas Zeit, um nachzudenken und die Dinge in die Reihe zu bekommen.«

Während des Aufstiegs zum Haus, blieb Homer erneut stehen. »Wollen wir mit dem Roller fahren, Biggi? Wir könnten nach Kassiopi und vielleicht weiter nach Kalami. Bekomme ich in meine Gedanken keine Ordnung, setzen wir uns irgendwo hin, ich denke laut und du hilfst mir, ja?«

Biggi nahm seine Hand und drückte sie.

Auf der Küstenstraße, die in einem steten Auf und Ab verlief und kurvenreich war, herrschte wenig Verkehr. Meist war der schöne Blick über den schmalen Streifen blauen Wassers nach Albanien hin frei. Ein graugrünes Kriegsschiff war auf Patrouille. Einmal, die Straße verlief jetzt hoch oben am Hang, hielten sie an, um die Aussicht zu genießen.

In Kassiopi stellten sie den Roller nahe dem malerischen kleinen Hafen ab. Der schöne Ort lag in einer Bucht, von niedrigen Höhen eingefasst. Weiter vorne, zur See hin, schmückten Pinien und Zypressen den kahlen Fels. In der Antike war Kassiopi ein bedeutender Ankerplatz gewesen. Cicero hatte hier einmal Halt gemacht und erwähnte später den Ort in seinen Schriften.

Nach einer guten halben Stunde waren sie wieder auf der Straße und fuhren in Richtung Kalami. Hoch über ihnen erhob sich der mächtige Kegel des Pandokrators. Hinter einer der unzähligen Kurven sahen sie Kalami tief unten direkt am Wasser liegen. Vorsichtig rollten sie die steile, enge Zufahrtsstraße hinunter. Nahe dem Strand stand das weiße, quadratische Haus, in dem in den 30er Jahren Lawrence Durrell, der englische Dichter und Diplomat lebte. Eine kleine Ausstellung erinnert an ihn.

Langsam gingen sie am Strand entlang. Ein Stück außerhalb des Dorfes setzten sie sich in die Felsen.

»Hier irgendwo hat Henry Miller gesessen, als er seinen Freund Durrell besuchte«, sagte Homer.

Sie saßen Hand in Hand und sahen über das Wasser.

Zuerst stockend, als suche er nach Worten, begann Homer von dem zu sprechen, was ihm seit Stunden durch den Kopf ging. Allmählich wurden seine Sätze klarer und dann sprudelte es aus ihm heraus.

Biggi hörte ihm zu Beginn geduldig zu und war dann von seiner Erzählung mehr und mehr fasziniert.

Als sie später neben dem Motorroller standen, den sie unter einem alten Olivenbaum abgestellt hatten, nur wenige Schritte von Durrells Haus entfernt, sagte Homer:

»Heute Abend werde ich mit Peter sprechen. Er sollte eigentlich etwas über Hubi sagen können. Und morgen werden wir der Taverne noch einmal einen Besuch abstatten.«

Verfolgung in den Bergen

Nach dem Frühstück am nächsten Morgen gingen sie ein Stück den Strand entlang und folgten dann dem Weg auf die Taverne zu. Als sie dem flachen Haus näher kamen, beschlich Homer ein komisches Gefühl.

Die roten Läden waren geschlossen, niemand saß unter dem Vorbau. Biggi sah Homer an. »Was hat das zu bedeuten, Albert?«

Homer zuckte mit den Schultern. »Ich weiß es nicht, Biggi.«

Neben der Tür, an der Hauswand, waren die Stühle und Tische gestapelt.

Homer schüttelte den Kopf und strich sich mit der linken Hand durch das Haar.

»Kann es sein, dass da ein unmittelbarer Zusammenhang mit gestern besteht?«, fragte Biggi.

»*Ein Gauner oder Betrüger, wie deren so viele weidet die schwarze Erde, die weit verbreiteten Menschen, die da Lügen erfinden, woher sich keiner versähe*«, zitierte Homer.

»Bitte Albert!«, rief Biggi, verkniff sich jedoch nicht ein kurzes Lachen.

Homer schmunzelte. »Der Mensch – also auch ich – ist ein Gewohnheitstier, Biggi.«

Homer legte den Arm um ihre Schulter.

»Ich kann nicht einschätzen, ob das Hubis Reaktion ist, nachdem ich ihn erkannt habe«, sagte Homer.

Langsam gingen sie weiter.

»Wäre es nicht ein seltsamer Zufall, dass die Taverne heute geschlossen hat?«

»Nehmen wir an, es ist kein Zufall, dann ist das eine panische Reaktion, völlig untypisch für Hubi, so wie ich ihn in Erinnerung habe. Hubi war ein emotionsloser Typ, der immer wohl überlegt handelte.«

Ein blaues Fischerboot tuckerte parallel zum Strand vorüber.

»Albert, seit zwölf Jahren gibt es in Firstau ein Grab, in dem dieser Mann liegen soll. Zwölf Jahre sind eine lange Zeit, die Sicherheit zumindest vorgaukelt. Und dann kommst du, und schlägst diese Sicherheit von einem Moment zum anderen in Scherben. Wenn das nicht ein Grund ist, den Kopf zu verlieren, meinst du nicht?«

Homer sah Biggi nachdenklich an. »Biggi, wer liegt in dem Grab?«

»Albert!«, rief Biggi.

Lächelnd fasste er mit zwei Fingern an seine Nase und bewegte die Spitze einige Male hin und her. »Meine Nase juckt, Biggi. Ich möchte zu gerne wissen, wen wir damals zu Grabe getragen haben. Hubi war es jedenfalls nicht.«

»Nun zügele mal die Pferde, Lieber, lasse deine Fantasie nicht zu stürmisch galoppieren«, warnte Biggi.

»Du willst damit doch nicht sagen, dass ich dieses zufällige Zusammentreffen mit seinem sinistren Hintergrund auf sich beruhen lassen soll?«

»Nein, Albert.« Biggi streichelte beruhigend seinen Arm. »Aber du sollst nicht den dritten Schritt vor dem ersten tun.«

»Gut, Biggi, warten wir mal ab, ob die Taverne später, wenn wir wieder vorbeikommen, immer noch geschlossen hat.«

»Es kann ja auch sein, dass die Taverne immer um diese Jahreszeit geschlossen wird«, gab Biggi zu bedenken.

Er sah sie an. »Da kannst du Recht haben, Biggi. Es ist jetzt keine Touristensaison mehr. Dass ich daran nicht gedacht habe. Womöglich ist es ganz normal, dass die Taverne von einem Tag zum anderen geschlossen hat. Peter wird das wissen oder kann es in Erfahrung bringen.«

Das Treffen in der »Prinz-Philip-Bar« am Vorabend war um einen Abend verschoben, da Peter Sattler dringend in die Hauptstadt fahren musste.

Gleich nach dem ersten Schluck bat Homer Peter, ihm alles zu sagen, was er über den rothaarigen Tavernenwirt wusste, ohne dem Freund allerdings zunächst näher zu erklären, woher sein Interesse kam. Und Peter war viel zu sehr Gentleman, um nachzubohren. Peter kannte den Wirt nur flüchtig. Was er Homer sagen konnte, hatte er durch Zufall von Tom, dem Wirt der Taverne »Naxos«, erfahren. Tom flog jedes Jahr von Oktober bis Ende März zu seiner Schwester nach Australien. Und dort hatten sich die beiden Männer kennen gelernt.

»Tom ist bereits in seine Winterferien nach Australien«, sagte Peter. »Auch Ken Putland, so heißt der rothaarige Tavernenwirt, ist weg. Angeblich hat er schon vor einiger Zeit davon gesprochen, dieses Jahr früher zu schließen. Ohnehin kribble es Ken ständig in den Socken, wenn er zu lange an einem Ort sei. Tom nannte ihn einen modernen Abenteurer.«

»Gut, Peter, Menschen können sich ändern«, sagte Homer zweifelnd.

Jetzt erzählte er Peter von dem Freund aus alten Tagen. Zum Schluss sagte er: »Du siehst, Peter, Hubi war nie ein Normaltyp. Aber ihn einen Abenteurer zu nennen, halte ich für übertrieben. Ich weiß nicht ...«

»Soll ich mich unter der Hand nach ihm erkundigen? Und mal mit ihm reden, wenn er zurück ist?«, fragte Peter.

»Nein, tue erst mal nichts. Ich will mal sehen, ob ich in Firstau etwas in Erfahrung bringe. Mir geht sein seltsames Verhalten nicht aus dem Kopf. Je länger ich darüber nachdenke, desto stärker muss ich meine Fantasie an den Zügel nehmen.«

Peter grinste. »So kenne ich dich, mein Freund.«

Mit einem vagen Blick sah Homer an Peter vorbei zur Bar hin. Was ging in seinem Kopf vor?

»Du wirst von mir hören, Peter« sagte Homer.

»Ich bitte dich sehr darum.«

Homer zündete sich eine Zigarette an.

Gegen Mittag starteten sie zu einer Tour auf dem Motorroller, die sie über die Berge auf die andere Seite der Insel führen sollte. Auf der nördlichen Küstenstraße wollten sie dann zurück nach Acharávi.

Auf der Straße war nur wenig Verkehr. Immer wieder hielten sie an, um die grandiosen Ausblicke zu genießen. Sie erreichten Episkepsi, danach Spartilas. Am Rande des Marktplatzes stellten sie den Roller ab, um ein wenig herumzubummeln.

Als Homer am Straßenrand den Lieferwagen stehen sah, legte sich seine Stirn wie von selbst in Falten. Er hatte diese alte, ramponierte, ehemals weiße Kiste bereits in Acharávi gesehen. Natürlich musste das ein Zufall sein. Dennoch war ihm das nicht ganz geheuer. Dass das Fahrzeug vorne kein Kennzeichen hatte, war auf der Insel kein Novum.

Zu Biggi sagte er nichts.

Dann – hinter Spartilas, auf halber Strecke nach Pirgi – erschien der Lieferwagen plötzlich in Homers Spiegel. Nein, jetzt konnte er nicht mehr an einen Zufall glauben. Jemand verfolgte sie. Nur: wer und warum? Ihn beschlich ein ungutes Gefühl, das sich schnell zur Besorgnis steigerte, denn der Lieferwagen kam immer näher. Was konnte er tun? Die Bergstraße war nur schwach befahren. Bis nach Pirgi war es noch weit. Gab man zu sehr Gas, stand die Chance, dass man sich den Hals brechen konnte, ziemlich gut. Wenn er dennoch versuchte, alles aus dem Roller herauszuholen, konnte er sicher sein, den Verfolger abzuschütteln? War das genaue Gegenteil eine Möglichkeit, nämlich einfach am Straßenrand stehen zu bleiben? Was dann? Hatte er doch nicht den Schimmer einer Ahnung, warum irgendwer hinter ihnen her war.

Die Front des Lieferwagens füllte den Spiegel aus. Die Person hinter dem Lenkrad war ein dunkler Schatten. War es ein Mann oder eine Frau? Sicher war er nur, auf dem Beifahrersitz saß niemand.

Nach einer engen Kurve ging es abwärts. Die Straße zog sich vom Steilhang zurück. Zu beiden Seiten hin war Wald. Homer gab Gas. Eine kurze Strecke weit wuchs der Abstand zum Verfolger. Homer spürte, wie Biggi sich eng an ihn klammerte. Sicher wusste sie, dass er nicht aus einer übermütigen Laune heraus dahinraste und Kopf und Kragen riskierte.

Schon der schnelle Blick in den Spiegel – der Wagen rückte Meter um Meter näher – kam einer Mutprobe gleich. An einen Blick über die Schulter war gar nicht zu denken. Jetzt war der Lieferwagen unmittelbar hinter ihnen. Der Fahrer trug eine Mütze, weit in die Stirn heruntergezogen, und eine Sonnenbrille.

Die Straße stieg wieder an. Homer jagte den Roller auf Hochtouren voran. Doch das Auto folgte scheinbar spielerisch leicht. War dieser Idiot völlig von Sinnen? Hatte er vor, sie zu rammen? Das konnte ihm doch selber gefährlich werden. Oder war ihm das egal? War der Verfolger noch drei, zwei oder nur einen Meter weg? Homer konnte es nicht sicher einschätzen. Jeden Moment erwartete er den Stoß. Erst jetzt nahm er wahr, dass ihm der Schweiß über das Gesicht lief. Er hatte Angst. Nicht nur um sich, sondern vor allem auch um Biggi.

Plötzlich scherte der Lieferwagen aus und war gleich darauf neben dem Roller. Homer konnte nicht verhindern, dass er instinktiv hinübersah. Vom Fahrer nahm er nur die zwei Reihen weiß blitzender Zähne wahr.

Dann hörte er Biggis Schreie im Fahrtwind. Hatte sie schon vorher geschrien und er es nicht gehört?

Aus der nächsten Kurve kam ein Lastwagen. Für den Lastwagen, den Lieferwagen und den Roller war auf der Straße kein Platz. Krampfhaft umklammerte Homer die Lenkergriffe. Wer würde zuerst zurückziehen? Vorsichtig versuchte er langsamer zu werden, ohne zu stark zu bremsen. Konnte es sein, dass der Gegner ihn von der Straße drängen würde? Spät, gerade noch rechtzeitig, bremste der Lieferwagen ab und fiel hinter Homer zurück.

Der Lastwagen donnerte vorüber.

Als der Lieferwagen wieder neben ihnen auftauchte, sah Homer den schmalen, sanft ansteigenden Waldweg. Kam noch eine bessere Chance, um irgendetwas zu tun? Er überlegte nicht lange, schoss in den Waldweg hinein und versuchte gleichzeitig zu bremsen. Der Weg verlangte ihm seine ganze Aufmerksamkeit ab. Die ersten Meter waren noch mehr oder weniger eben. Dann kamen kleine Bodenwellen, und Steine lagen herum. Den starken Ast, der schräg über dem Weg lag, sah Homer erst im letzten Augenblick. Er versuchte auszuweichen, verzog den Lenker, der Roller kam in Schräglage und rutschte weg. Sie stürzten in hohes Gras und Gestrüpp, der Roller blieb knapp vor einem Baumstamm liegen.

Das Erste, was Homer überdeutlich wahrnahm, war die Stille. Der Motor des Rollers war abgestorben. Von der Straße her war nichts zu hören. Er richtete sich auf, hockte zwischen biegsamen Ästen. Irgendwas stach ihn in den Oberschenkel. Biggi lag nur einen guten Meter von ihm entfernt. Mit großen, erschrockenen Augen starrte sie ihn an. Auf allen Vieren krabbelte er zu ihr hin.

»Hast du dir wehgetan, Biggi?«, fragte er besorgt.

Sie verneinte mit den Augen. Er nahm ihren Kopf sanft auf und bettete ihn auf seinen Schoß.

»Was war das, Albert?«, fragte Biggi mit piepsiger Stimme.

»Ich kann es dir nicht sagen, Biggi. Der Kerl war seit Acharávi hinter uns her. Ich denke mal, er wollte uns einen mächtigen Schrecken einjagen, mehr wohl nicht. Es wäre ihm ein Leichtes gewesen, uns zu rammen oder von der Straße zu drängen.«

»Warum?«, fragte sie wie ein verschrecktes Kind.

»Ich weiß es nicht, Biggi.« Er strich ihr über die Haare. »Du bist wirklich in Ordnung, meine Liebe?«

»Ja, Albert. Ich bin nur fürchterlich erschrocken.«

»Dann sehe ich mal nach dem Roller, wie es dem geht.«

Die kurze Inspektion ergab, dass der Roller, obwohl er einige Schrammen abbekommen hatte, fahrtüchtig war.

Gemeinsam schoben sie ihn zur Straße. Dort schaute Homer nach rechts und links. Von dem Lieferwagen keine Spur. Aber vielleicht wartete er einige Kurven weiter oder in Pirgi?

»Wir fahren erst einmal zurück nach Spartilas«, entschied er. Seine Stimme klang völlig normal.

Und dann kam sein Ausbruch wie aus dem Nichts. Mit der Faust schlug er krachend auf den Sitz. So wütend hatte Biggi ihn noch nicht erlebt. Was regte ihn plötzlich so auf? Er murmelte Unverständliches. Beim Sprechen flogen kleine Speicheltröpfchen zwischen seinen Lippen hervor. Sie fasste nach seinem Arm. Ganz kurz sah er sie an, dann die Straße entlang.

»*Und nicht schert mich dein Zorn!*«, schrie er in den nahen Wald hinein, aber auf seinem Gesicht lag jetzt ein Grinsen.

Zwanzig Minuten später saßen sie vor dem kleinen Kafenion in Spartilas und tranken Kaffee.

Homer erklärte Biggi, was ihn vorhin so wütend werden ließ. »Ich bin mir ziemlich sicher, dass Hubi hinter der Sache steckt.«

Sie sah ihn fragend an und er hob seine Schultern.

»Hubi war schon während der Schulzeit ein ambivalenter Typ. Er konnte nett sein, ein richtiger Kumpel, wenn das auch eher selten vorkam. Meist hielt er sich aus allem heraus. Und manchmal machte er die verrücktesten Dinge. An eine Szene erinnere ich mich ganz deutlich. Ich weiß noch, wie fasziniert ich war und gleichzeitig abgestoßen. Im Flug fing er eine große Schmeißfliege weg. Mit zwei Fingern hielt er sie fest, und befestigte einen dünnen Faden an ihr. An diesem Faden haltend, ließ er sie fliegen. Als er des Spiels überdrüssig war, schmetterte er die Fliege zu Boden und zertrat sie.«

Biggi schüttelte sich.

Homer trank einen Schluck Kaffee und zündete die dritte Zigarette in Folge an.

Herrenrunde im Ischia

Homer hat seine Erzählung beendet. Die Hände im Nacken verschränkt, lehnt er sich zurück und blickt von Lukas Falk zu Dr. Kurt-Egon Loderer. Sie sitzen an »ihrem« Fenstertisch im Restaurante »Ischia«. Niemand sagt etwas. Das vertraute Schweigen einer Bruderschaft, denkt Homer.
»Deine Geschichte ist starker Tobak«, äußert sich Falk als Erster. »Die Quintessenz daraus: Du bist einem angeblich Toten über den Weg gelaufen.«
Homer nickt.
Loderer beugt sich vor. »Schon auf dem Friedhof habe ich Homer gefragt, ob ein Irrtum ausgeschlossen ist.«
»Ihr seid auf dem Friedhof gewesen?«, fragt Falk erstaunt nach.
»Wir haben uns Hubis Grab angesehen, in dem er nicht liegt«, bestätigt Homer.
»Da du offenbar keinen Zweifel an seiner Identität hast, was zudem sein Ausspruch zu belegen scheint, stellt sich zwangsläufig die Frage: Wer liegt in dem Grab?«
Homer hat an seinem Rotwein genippt. »Genau, Lukas: Das ist die Frage.«
»Nach Homers sehr ausführlicher Schilderung ...«, beginnt Loderer.
Er wird von Homer unterbrochen, der seine Hand mit gespieltem Entsetzen vor den Mund schlägt: »*Du eitler Schwätzer und Prahler, was hast du gesprochen?*«
Loderer lacht und Falk schmunzelt.
In Loderers wasserblauen Augen blitzt es. »Ich meine, wir sollten die Fragezeichen hinter dieser rätselhaften Begegnung auflösen, es zumindest versuchen.«
»Ich danke Ihnen, Doktor.« Homer verneigt sich.
Falk sieht von einem zum anderen. »Wir werden also eruieren, wie es möglich sein kann, dass Hubi in Firstau ein Grab und auf Korfu eine Taverne hat.«
»Auf den Punkt getroffen, Lukas,« bestätigt Homer.
Loderer, sein Glas Orangensaft in der Hand, fragt: »Haben Sie schon eine Idee, Homer, wo wir den Faden aufnehmen?«
»Ich habe darüber nachgedacht, natürlich«, antwortet Homer. »Allerdings kann ich nicht mit einer Strategie aufwarten.« Er macht

eine kleine Pause. »Hiermit eröffne ich die Beratung«, sagt er lächelnd.
»Werfen wir doch zuerst einmal alles, was uns einfällt, auf einen Haufen, quasi eine Ideensammlung«, schlägt Falk vor. »Danach sortieren wir.«
»So ähnlich habe ich mir das vorgestellt«, meint Homer.
Falk grinst. »Erster Vorschlag: Ich suche in meinem Archiv heraus, was dort über diesen Absturz vor zwölf Jahren zu finden ist.«
Loderer neigt sich über den Tisch. »Auf dem Friedhof haben Sie mir erzählt, Homer, dass Haller eine Schwester hatte. Wo lebt diese Schwester jetzt?«
»Und was ist mit seinen Eltern?«, schiebt Falk gleich die nächste Frage nach.
Homer hebt abwehrend die Arme. »Stop, Freunde, ihr überfordert mich! Da ich weder über die Schwester noch über die Eltern etwas sagen kann und mir ad hoc kein Weg zu ihnen einfällt, müssen wir diese Fragen in unseren Katalog aufnehmen.«
»Gib uns doch erst einmal einen Überblick darüber, was du so weißt über deinen Freund aus alten Tagen«, fordert Falk Homer auf. »Vielleicht ergeben sich daraus weitere Fragen. Und, so hören wir, Doktor Loderer und ich, mehr über diesen Mann, mit dem wir es zu tun haben.«
Falk hat diskret Tonio ein Zeichen gegeben. Obwohl das Lokal inzwischen gut gefüllt ist und Tonio als Feldherr hinter dem Tresen so richtig in seinem Element ist, nimmt er Falks Handbewegung wahr. Nur wenig später bringt eine Bedienung ein weiteres Glas Rotwein für Falk.
Nach kurzem Nachdenken sagt Homer: »Hubi gehört zu den Typen, die einem, wie auch immer man zu ihnen steht oder stand, in der Erinnerung präsent bleiben. Da Hubi sich äußerlich nicht wesentlich veränderte, waren die Bilder der Vergangenheit und der Gegenwart annähernd deckungsgleich. Er war nicht mehr die Bohnenstange von früher, er ist voller geworden. Ebenso wenig verhinderte sein rotblonder Dreitagebart, dass mir sein Gesicht so gegenwärtig war, als hätte ich ihn erst vor einigen Wochen zum letzten Mal gesehen. Die roten Haare sowie sein eigentümlicher Bewegungsablauf, dieses Schlenkern der Gliedmaßen – ähnlich einer Marionette – machten mir seine Identität zusätzlich gewiss. Wäre ich dennoch eine Spur unsicher gewesen, sein Verhalten hätte den letzten Zweifel ausgeräumt. Er war unerschrocken, völlig unbeeindruckt. Richtig cool

eben – wie man heute sagt. Und genauso war er schon damals. Es gab scheinbar nichts, das ihn nervös machen konnte.« Homer sieht den Doktor an und dann Falk. »Könnt ihr euch den Mann so vorstellen?«

»Es beschleicht mich das unbestimmte Gefühl, Homer, dass wir womöglich eine harte Nuss zu knacken haben, wenn wir sie denn überhaupt knacken können«, unkt Falk.

»Es wird uns sicher nicht leicht fallen, das Rätsel um Hubi zu lösen, Lukas. Aber ich denke, auch ein Versuch wird nicht uninteressant sein«.

»Wie war dieser Hubi denn als Schüler?«, fragt Loderer.

»Sie fragen nach seinen Leistungen, Doktor?«

»Ja«, bestätigt Loderer.

»Er war abgesehen von den naturwissenschaftlichen Fächern, in denen er ein Ass war, wohl eher mittelmäßig. Sogar in den höheren Klassen war er im Stande, den Lehrern paroli zu bieten, insbesondere in Physik. Im Garten hinter seinem Elternhaus, in einer unscheinbaren Holzhütte, hatte er sein eigenes Reich. Er nannte es sein Labor. Nur ausgewählte Gäste – auch ich hatte diese Ehre – durften die Hütte von innen sehen. Allerdings muss ich zugeben, sein Labor besaß keine besondere Anziehungskraft für uns, konnten wir doch zu wenig damit anfangen. Hubi war uns auf diesem, seinem Gebiet zu hoch überlegen.«

»War er von seinen Eltern her irgendwie vorbelastet?«, hakt Falk nach.

»Nein, ich glaube nicht. Sein Vater war technischer Leiter einer großen Druckerei in München. Und seine Mutter war, wenn ich mich richtig erinnere, Lehrerin.«

»Noch mal zurück zu diesem Labor, Homer. Was trieb der junge Haller dort?«, will Loderer wissen.

»Jetzt können Sie mich auspressen wie eine Zitrone, Doktor. Beim besten Willen kann ich es Ihnen nicht sagen. Mit meinem Verständnis dafür haperte es zu sehr. Meine Interessen lagen damals schon auf einem ganz anderen Gebiet. In den naturwissenschaftlichen Fächern, mit Abstrichen in der Mathematik, war ich ein Lernschüler, der auf seinen Notendurchschnitt hin arbeitete.«

»Was tat Haller nach dem Abitur?«, fragt Lukas.

»Das weiß ich sicher. Er ging zur Bundeswehr. Das habe ich allerdings erst später erfahren, denn nach dem Abitur habe ich Hubi nicht mehr gesehen. Ich habe ihn, wie man so schön sagt, aus den Augen verloren. Erst bei der – wie soll ich nun sagen? – Beerdigung habe ich von Klassenkameraden noch mal dies und das über ihn gehört. Und das war wenig genug. Fakten sind: Er war einige Jahre in Australien. Dort hat er geheiratet. Zusammen mit seiner Frau kam er nach Firstau zurück. Dass er Chef einer Firma war, die irgendwas mit Elektronik zu tun hatte, erstaunte mich überhaupt nicht. Während seiner Jahre in Firstau bin ich Hubi tatsächlich nie über den Weg gelaufen. Er ist auch nie zu den Klassentreffen gekommen.«

»Apropos Klassentreffen«, wirft Falk ein. »Wäre das nicht eine Möglichkeit, mehr über Hubi zu erfahren?«

»Vielleicht«, sagt Homer mit unüberhörbarer Skepsis in der Stimme. »Aber ich werde Richard Hamann anrufen. Er war unser Klassensprecher und organisiert die Klassentreffen. Viel verspreche ich mir allerdings nicht davon. Dennoch hast du Recht, Lukas, eine vage Möglichkeit besteht, dass Richard mehr über Hubi weiß, oder er vielleicht sagen kann, wen ich fragen könnte.«

»Sag mal, Homer«, Falk sieht ihn von der Seite an, »sprecht ihr bei den Treffen nicht gerade über die, die nicht anwesend sind? Bei uns sind das oft die spannendsten Themen. Klassentreffen sind doch – sind wir mal ehrlich – Tratschabende. Mir macht das immer Spaß und ich freue mich jedesmal richtig drauf.« Falk lächelt bei diesen Worten.

Homer reagiert mit einer komischen Grimasse, als denke er an den letzten Besuch beim Zahnarzt. »Ich weiß nicht Recht, Lukas. Viel halte ich von solchen Treffen nicht, obwohl ich aus sentimentalen Gefühlen heraus hingehe. Bei uns herrscht immer eine eigenartige Stimmung. Wie aus einem kollektiven Zwang heraus tut jeder so, als wären wir am Vormittag noch zusammen im Klassenzimmer gesessen. Jedesmal nehme ich mir fest vor, das nächste Mal nicht mehr hinzugehen. Und dann bin ich doch wieder dabei.«

Homer greift in die Innentasche seines Jacketts und legt eine Schwarz-Weiß-Fotografie in Postkartengröße auf den Tisch. Falk wirft einen schnellen Blick hin. Dann zündet er den Zigarillo an, den er schon eine Weile zwischen den Lippen hält.

»Das letzte Klassenfoto«, sagt Homer. »Kurz vor dem Abitur.«

Loderer nimmt das Foto in die linke Hand. Mit der rechten schiebt er seine Brille auf die Stirn und hält sie dort fest. »Wer ist der Lehrer?« Fragend sieht er Homer an.

»Das ist Dr. Ginger, unser Mathelehrer, Doktor«, antwortet Homer.

»Ich kenne Dr. Ginger. Nur – ich kannte bis jetzt nicht seinen

Namen. Ich wusste auch nicht, dass er Lehrer war. Er hat sich kaum verändert in den Jahren.«

»Woher kennen Sie ihn?«

»Wir begegnen uns ab und zu auf dem Waldfriedhof. Seine Frau liegt nicht allzu weit von meiner Liebsten entfernt. Und oft sitzt er nachmittags im Thoma-Café. Dort könnte ich ihm ... auflauern, Homer, wenn es Ihnen recht ist. Es wäre doch möglich, dass er die eine oder andere Facette zu Hallers Bild beizutragen vermag.«

»Eine gute Idee, Doktor. Wenn Sie mit Dr. Ginger sprechen, grüßen Sie ihn bitte von mir. Ich sehe ihn einmal im Frühjahr und einmal im Herbst, wenn er sich bei mir über spezielle Neuerscheinungen informiert.«

»Kommt er zu den Klassentreffen?«, fragt der Doktor.

»Nein, obwohl er jedesmal eine Einladung erhält.«

Inzwischen betrachtet Falk das Foto. »Wer ist Hubi?« Er hält Homer das Bild hin.

Homer deutet auf einen schlacksigen Burschen mit sehr kurzen Haaren, der, so hat es den Anschein, provozierend desinteressiert seitlich an der Kamera vorbeiblickt.

»Und wer ist das Mädchen neben ihm?«

»Das ist Gundi Bauer. Warum fragst du?«

»Sie ist sehr schön, Homer.« Falk blinzelt ihm zu.

»Das hatte Hubi auch bemerkt«, schmunzelt Homer. »Die beiden hatten mal was zusammen – so wurde jedenfalls gemunkelt. Sicher wusste das niemand, denn Beweise dafür gab es keine. Wenn es so war, dann waren beide sehr diskret. Solche Techtelmechtel in der Schule waren damals überhaupt nicht gerne gesehen. Für Mädchen konnte es sogar recht unangenehm werden, wurden solche Liebeleien bekannt.«

»Du könntest sie ja jetzt fragen.« In Falks Ton schwang eine leise Herausforderung mit.

»Ich werde Richard nach ihr fragen. Ich weiß nämlich nicht, wo sie steckt. Auf der Klassenliste steht keine Adresse.«

»Ich möchte euch noch auf einen Punkt hinweisen«, sagt Loderer, »der mir nicht unwesentlich erscheint.«

»Ja, Doktor?«

»Wir sprechen jetzt zwangsläufig mit verschiedenen Leuten – wie viele es sein werden, können wir jetzt noch gar nicht sagen – und ich denke, wir werden gefragt werden, weshalb wir uns nach Haller erkundigen.«

Mit großen Augen schaut Homer irritiert von Loderer zu Falk. »Daran habe ich noch gar nicht gedacht«, gibt er zu.

»Die Wahrheit scheidet, meine ich, von vornherein aus«, sagt Falk. Homer trinkt einen Schluck von seinem Wein. »Könnten wir deine Zeitung vorschieben, Lukas?« Er zündet sich die x-ste Zigarette an.

»Wie könnte eine Teilwahrheit aussehen?«, wirft Loderer in die Diskussion.

Homer sieht nachdenklich aus dem Fenster. Die Pappeln am Flussufer stehen dunkel und unbeweglich wie stumme Wächter. Das Schloss erscheint durch das gelbliche Scheinwerferlicht wie aus dem herbstlichen Abend herausgeschnitten.

»Ja, wie?«, fragt er.

»Sie haben im Urlaub einen Mann getroffen, der Sie an den alten Freund erinnerte. Und diese Begegnung löste den Wunsch aus, dem Schicksal Hallers noch einmal nachzugehen.«

»Nicht schlecht«, meint Falk. »Und du, Homer – entschuldige bitte, wenn ich das sage – bist als schnurrig genug bekannt, dass man dir das als Grund wahrscheinlich abnimmt.«

Homer verzieht das Gesicht, als könne er sich nicht zwischen Lachen und Weinen entscheiden. Als Falk nach dem Wein greift, hebt Homer sein Glas und sagt: »Trinken wir auf unsere zweite Ermittlung, Freunde.«

»Kein Zitat aus Odyssee oder Ilias, Homer?«, fragt Falk.

»Wenn du so danach verlangst, Lukas, erfülle ich dir gerne deinen Wunsch.« Er holt theatralisch Luft. »*Dies hier soll mir am Herzen liegen, bis ich's erfülle. Lass mich zunicken dir mit dem Haupt, damit du gewiss bist. Dies ist nämlich von mir her unter den Göttern das größte Zeichen, welches untrüglich ist und unwiderrufbar, und nicht unerfüllt bleibt, was ich zugenickt mit dem Haupte.*«

Der Klassensprecher

Mit mehreren Büchern auf seinem linken Unterarm und einem Buch in der rechten Hand steht Homer auf der Trittleiter vor dem hohen Wandregal. Er starrt auf die Buchrücken vor sich und tut nichts. Er ist mit seinen Gedanken ganz wo anders, was nicht häufig vorkommt, wenn er arbeitet.

Warum träumt er gerade jetzt von seinem Vater? Viele Jahre haben ihn die Träume um seinen Vater regelrecht in Atem gehalten. Doch diese Zeit liegt lange zurück. Warum also träumt er jetzt wieder von seinem Vater? Bilder von einer gemeinsamen Reise nach Florenz, die nie gemacht wurde, laufen vor seinem inneren Auge ab und lassen die Bücherreihen vor ihm verschwimmen. Der Traum von letzter Nacht erfüllte – welche Ironie – seine ideale Vorstellung vom Verhältnis zu seinem Vater. Die Realität dagegen sah anders aus. Ist diese Diskrepanz der Grund, warum ihn der Traum den ganzen Tag verfolgt?

Das Glockenspiel von der Tür her lässt ihn leicht zusammenzukken. Sein Kopf fährt herum. Ein Koloss von einem Mann, kahlköpfig bis auf einen schmalen Haarkranz, schließt gerade die Tür hinter sich. Leises Erstaunen malt sich auf Homers Gesicht.

»Grüß dich Gott, Richard«, sagt Homer von der Leiter herunter.

Der Mann lächelt breit und sagt mit dröhnender Stimme: »Servus, Albertus. Soll ich dich herunterheben?«

»Untersteh dich, Riesenbaby, du«, schreit Homer.

Erst am Vorabend hat Homer bei Richard Hamann, dem ehemaligen Klassensprecher und Organisator der Klassentreffen angerufen. Seine Frau meldete sich. Richard war nicht zu Hause. Sie versprach, ihr Mann würde sich melden.

Homer deponiert die Bücher auf der obersten Trittfläche der Leiter und steigt herunter. Die Männer gehen aufeinander zu und reichen sich die Hände.

»Es ist nett, Richard, dass du dich herbemühst«, sagt Homer. »Aber es wäre nicht nötig gewesen.«

Hamann lässt seine dichten, fast weißen Augenbrauen auf und ab hüpfen. Den Tick hatte er schon in der Schule, erinnert sich Homer. Schon damals hatte Richard alle Kameraden an Größe und Umfang hinter sich gelassen. Zudem war er der Primus gewesen. Heute war er Personalchef eines Lebensmittelkonzerns in München.

»Ich war in der Nähe, Albertus. Und da ich mir die neue Ausgabe der ›Firstauer Blätter‹ ohnehin besorgen wollte – du hast doch das Heft? – Ja? – kann ich zwei Fliegen auf einen Schlag erledigen.« Er gluckst. Sein Bauch unter dem Mantel wackelt.

Homer macht die wenigen Schritte zum Ladentisch hin, nimmt eines der schmalen Heimathefte von einem Stapel, geht zu Hamann zurück und reicht es ihm hin.

»Danke, Albertus.« Aus seiner Manteltasche holt Hamann eine Hand voll Silbergeld und zählt den Betrag in Homers offene Hand. Dann versinkt die Pranke mit dem Restgeld in der Manteltasche.

»Nun zu dir, Albertus. Wie kann ich dir helfen?«

»Was kannst du mir über Hubi erzählen, Richard?«

Homer meint auf dem runden Gesicht von Hamann unzählige Fragezeichen zu sehen.

»Albertus, ich muss mich sehr wundern. Hubi Haller? Das ist wohl á priori absurd. Der ist doch mausetot. Haben wir ihn nicht als Ersten aus unseren Reihen zu Grabe getragen?«

Homer nickt zustimmend. Dann sagt er: »Dennoch interessiere ich mich für ihn.« Wie zur Entschuldigung lächelt er Hamann zu.

Wieder beginnen die Augenbrauen zu tanzen.

»Warum? Warum jetzt, Albertus?«

»Was nur drängst du so sehr und heißt mich zu reden? Aber ich werde es dir erzählen und alles berichten«, zitiert er und schmunzelt dabei. Nach einer kleinen Pause sagt er: »Im Urlaub ist mir ein Mann über den Weg gelaufen, von dem ich im ersten Moment annahm, er sei tatsächlich Hubi. Dünn, groß, mit roten Haaren, wie Hubi eben.«

Hamann lässt ein dröhnendes Lachen erschallen. Homer befürchtet, die Bücher in den Regalen könnten zu hüpfen anfangen.

Mit einem letzten Nachbeben in der Stimme fragt Hamann: »Und ist das ein Grund, sich auf die Spuren von Hubis Geist zu setzen?«

Homer zieht ein verlegenes Gesicht, hebt die Schultern und lässt sie wieder sinken.

Hamann legt seine große Hand überraschend sanft auf Homers Arm. »Bist schon immer ein seltsamer Kauz gewesen, Albertus.« Hamanns helle Augen blicken ihn an. »Entschuldige bitte.«

»Keine Ursache, Richard. Ähnliches höre ich nicht zum ersten Mal. Hab mich daran gewöhnt.«

Hamann schaut zur Decke. In seinem Nacken bilden sich mehrere dicke Wülste über dem Mantelkragen.

»Ich denke nach«, brummt Hamann in die Luft.

»Ich sehe es«, bestätigt Homer.

»Wer hat denn nach der Schule mit Hubi noch Kontakt gehabt? Sag es mir Albertus! Ich kenne keinen. Was ich sagen kann – und das ist nicht viel – habe ich aus zweitem oder gar aus drittem Mund.«

»Ja?«

»Hubi war einige Jahre in Südafrika ...«

»Australien«, verbessert Homer.

»Wie?«

»In Australien war er.«

»Das ist schon der erste Hinweis auf meine mangelhaften Kenntnisse über Hubi. Ich wusste was von Südafrika. Wenn das nicht richtig ist, dann stimmt wohl auch nicht, dass er sich dort auf den Diamantenfeldern rumgetrieben haben soll. Tatsache muss allerdings sein, dass er nach seiner Rückkehr nach Firstau über genügend Kapital verfügte, um eine Firma zu gründen. Irgendwas mit Elektronik. Es hieß, er schwimme regelrecht in Geld. So wie Onkel Dagobert, du weißt schon?«

Dieser Vergleich scheint Hamann so zu amüsieren, dass er in brüllendes Gelächter ausbricht und der ganze mächtige Kerl ins Wackeln gerät.

Nachdem er sich wieder beruhigt hat, sagt er: »Sicher ist, dass Hubi sogar ein eigenes Flugzeug besaß, mit dem er ja dann später abgestürzt ist.«

Hamann sieht Homer an. »Damit ist mein Wissen bereits erschöpft, Albertus. Tut mir Leid. Ich habe Hubi, nachdem er aus Australien oder Südafrika oder von wo auch immer zurück war, nicht mehr zu Gesicht bekommen. Ich will dir offen sagen: Ich war auch nicht scharf darauf, ihn zu sehen. Ich konnte ihn nie sonderlich leiden. Aber wer konnte das schon?«

»Gundi Bauer zum Beispiel«, hakt Homer ein.

Überrascht sieht ihn Hamann an.

»Gundi – natürlich. Entsinne ich mich richtig, dann gab es damals recht schlüpfrige Geschichten über die beiden. Irgendjemand will sie an irgendeinem See beobachtet haben, wo sie nackt badeten und so ...«

»Daran speziell kann ich mich nicht erinnern, Richard. Aber an manch andere hinter der Hand geflüsterte Geschichte.«

»Die beiden waren auf jeden Fall ein eigenartiges Pärchen.«

»Wenn sie je eines waren«, sagt Homer. »Apropos Gundi. Kannst du mir sagen, Richard, wo sie steckt?«

»Schau mal ins Adressbuch oder ins Branchenbuch. Sie macht

etwas mit Puppen. Ich hab sie mal angerufen. Sie war mehr als einsilbig und wirkte auf mich etwas verwirrt. Ich hatte den Eindruck, Gundi lebt in einer andern Welt.«

»Was willst du damit sagen? In einer andern Welt? Drogen?«

»Nein, das will ich damit nicht sagen. Mehr entrückt, außerhalb der Realität, wenn du verstehst, was ich meine.«

»Ich weiß nicht, ob ich deine Worte richtig interpretiere. Aber du hast mich neugierig gemacht.«

»Versuche es bei Gundi, Albertus. Vielleicht hast du Glück.«

»Das werde ich tun, Richard.«

Hamann schmunzelt. »Sagst du mir, was dabei herausgekommen ist?«

»Versprochen.«

Hamann wirft einen schnellen Blick auf seine goldene Armbanduhr.

»Du musst los, Richard?«, fragt Homer.

»Wenn ich zu spät zum Essen erscheine, kriege ich von meiner Frau Hiebe mit dem Nudelholz.« Ein kurzes lautes Meckern, dann: »Wir haben doch alles bequatscht, oder?«

Homer hält ihm seine kleine Hand hin. »Ich danke dir, Richard, dass du vorbeigekommen bist.«

»War mir wirklich ein Vergnügen, Albertus.«

Durch das Schaufenster verfolgt Homer den Weg des ehemaligen Klassensprechers hin zur Christopherus-Brücke, soweit das düstere Grau des frühen Abends es zulässt.

Aus dem Archiv

Täglich nach Ladenschluss erledigt Homer seine abendliche Buchhaltung. Immer wieder sieht er kurz auf seine Armbanduhr. Lukas Falk hat sich telefonisch für etwa halb acht angesagt. Als Homer feststellt, dass ihm die Zeit davonläuft, beschränkt er sich auf die notwendigsten Dinge. Der Rest kann ruhig bis zum nächsten Tag warten, sagt er sich.
Er löscht alle Lichter. Nur die Schaufensterbeleuchtung bleibt angeschaltet. Dann steigt er die Treppe hinauf. Durch die ovale Milchglasscheibe der Wohnungstür dringt ein schwacher Lichtschein. Erstaunt bleibt er auf der vorletzten Stufe stehen. Biggi, denkt er, und lächelt. So leise wie möglich öffnet er die Tür. Das Licht kommt aus der Küche, deren Tür etwa zwei Handbreit offen steht. Diagonal schneidet das Licht einen hellen Streifen durch den dunklen Flur. Auf Zehenspitzen schleicht er auf dem Teppichboden näher. Unmittelbar vor dem Lichtstreifen verharrt er plötzlich. Nein, du wirst Biggi erschrecken, sagt er sich und macht kehrt.
Geräuschvoll macht er die Wohnungstür auf, wartet kurz, drückt den Lichtschalter, und schließt die Tür wieder. Mit eiligen Schritten geht er jetzt durch den Flur, stößt die Küchentür regelrecht auf.
Biggi steht vor der Anrichte und wendet ihm ihr tränenüberströmtes Gesicht zu. Bevor er ihr Lächeln erfasst und den Grund für die Tränen erkennt, versetzt es Homer einen Stich in der Brust. Biggi ist gerade dabei, Zwiebelringe zu schneiden. Sie hält mit zwei Fingern eine geschälte Zwiebel auf einem Schneidebrett fest und hat in der rechten Hand ein Messer.
Homer legt seine Arme um sie, küsst sie auf den Hals. »Was tust du da, geliebte Biggi?«, fragt er, obwohl ihr Tun offensichtlich ist.
»Wo hast du deine Augen, geliebter Albert?«
»Das fragst du, Biggi?«, ruft Homer so nahe an ihrem Ohr, dass Biggi unwillkürlich mit dem Kopf zur Seite ruckt. Aus ihren wässrigen Augen lächelt sie ihn an. »Ich mache uns einen leckeren Wurstsalat, Albert.«
»Wunderbar, Biggi. Bereite einen Teller mehr vor, bitte, bitte, aber ohne Zwiebeln. Es kommt ein Gast, der partout keine Zwiebeln mag. Lukas müsste längst hier sein«, sagt er. Mit Wonne beginnt er Biggi die Tränen aus dem Gesicht zu küssen.
»Albert, was machst du?«, haucht sie. »Ich werde doch gleich weiter weinen.«

»Den Rest werde ich schneiden, Liebe«, sagt Homer tapfer.
»Nein, es reicht, wenn einer von uns weint«, widerspricht Biggi.
In diesem Augenblick klopft es kräftig gegen die Wohnungstür.
»Das ist Lukas«, sagt Homer.
»Hat er einen Hausschlüssel?«, fragt Biggi erstaunt.
»Ja, und ich habe seinen. Lukas ist ein Gentleman. An der Wohnungstür klopft er immer.«
»Dann lass deinen Freund nicht länger warten. Deine Freundin macht hier weiter.«
Er kneift sie leicht in die Wange, küsst sie zart auf die Lippen. Sichtlich ungern löst er sich von ihr, verlässt die Küche und geht zur Tür.

Falk, in Mantel und mit Hut, eine dünne Aktentasche unter den Arm geklemmt, grinst Homer an und reicht ihm die Hand.
»Servus, Homer.«
»Servus, Lukas.«
Falk schüttelt sich theatralisch. »Brr, ein ekliges Wetter. Dieser graue feuchte Nebel ist mehr als unangenehm.«
Im Flur hängt Falk den Mantel an einen Haken und legt seinen Hut auf die Ablage.
»Ich bin ehrlich froh, dass ich heute nicht vor die Tür musste«, sagt Homer. »Andererseits bringt mir dieses Wetter Kunden, die es nicht sonderlich eilig haben.«
Die Männer gehen ins Wohnzimmer. Falk setzt sich in einen Sessel, öffnet die Tasche, zieht einen Aktendeckel heraus und legt ihn auf den Tisch.
Biggi betritt das Zimmer, auf einem Tablett drei Flaschen Bier und Gläser. Falk erhebt sich sofort, um sie zu begrüßen.
»Ich habe einen guten Wurstsalat gemacht«, sagt Biggi. »Sie essen doch mit uns, Lukas?«
Mit gespieltem Erschrecken sieht Falk von Homer zu Biggi. »Aber bitte keine Zwiebeln!«
Homer und Biggi lachen, und Falk lacht mit.
Biggi geht zurück in die Küche. Homer drückt Falk eine Flasche Bier in die Hand sowie ein Glas und den Flaschenöffner. Dann legt er eine blassblaue Tischdecke auf den runden Esstisch. Über seine Schulter hinweg fragt er: »Bist du in deinem Archiv fündig geworden, Lukas?«
»Ja, ich habe einiges gefunden. Kopien davon sind in der Mappe dort. Ich habe nur quergelesen. Sieh dir alles nochmal genauer an. Vielleicht entdeckst du noch einen interessanten Punkt. Ich fürchte allerdings, dass uns die Texte nicht schlauer machen.«

»Na, dann schauen wir mal«, sagt Homer. Er öffnet eine Flasche und gießt ein Glas ein.

»Meinst du nicht auch, Homer, wir sollten auf Biggi warten?«

Homer legt seine Hand vor die Augen. »Du beschämst mich, mein Freund.«

»Rede keinen Unsinn, Homer. Setz dich bitte her und sage mir, ob du die Adresse von Gundi Bauer herausgefunden hast.«

»Hab ich. Ich werde Gundi besuchen.«

»Versprichst du dir was davon?«

»Ich gehe ohne Erwartung hin. Doch ich denke, jetzt am Anfang, wo unser Erkenntnisstand nur knapp über Null steht, ist jede Kleinigkeit etwas wert.«

Biggi kommt herein. Mit großer Vorsicht balanciert sie zwei Teller zum Tisch.

Homer springt auf. »Kann ich dir helfen, Biggi?«

Vom Schrank herunter nimmt sie eine Kerze, die sie auf den Tisch stellt. »Zündest du die Kerze an, Albert?«, bittet sie.

Nachdem Biggi den dritten Teller – ohne Zwiebeln – gebracht hat, setzen sie sich zu Tisch.

Während des Essens fällt kein Wort über die Ermittlung in Sachen Hubi Haller.

Erst später, sie sitzen noch immer am Tisch, die beiden Männer rauchen, führt Homer auf seine Art zum Grund von Falks Besuch zurück. Er sieht ihn an. Falk sitzt bequem zurückgelehnt und versucht mit dem Rauch seines Zigarillos Ringe in die Luft zu blasen.

»Dich zu befragen und auszuforschen liegt mir sonst gar nicht, sondern ganz ungestört erwägst du, was dir genehm ist.«

Falk unterbricht sein Spielchen erst einmal nicht. Er lächelt vor sich hin. Dann sagt er: »Ich nehme dein kryptisches Homerzitat dafür, dass ich zusammenfasse, was in den Texten meines Archivs zu finden ist. Richtig, Homer?«

Homer nickt zu Falk hin und lächelt Biggi an.

»Also gut«, sagt Falk. »Wie ich dir schon sagte, ich habe alles im Schnelldurchgang gelesen. Für die Vollständigkeit kann ich keine Gewähr übernehmen, Homer.«

»Ich werde mir alles noch mal genau ansehen, Lukas.«

Falk setzt sich gerade hin, eine Hand liegt auf dem Tisch, zwischen den Fingern der anderen klemmt der Zigarillo.

»Das Wichtigste am Anfang: Zu keiner Zeit gab es einen Zweifel, dass es sich bei den beiden Toten um das Ehepaar Haller handelte.

Von den Toten«, er zögert, sieht zu Biggi hin, wendet sich dann Homer zu. »Von ihnen war kaum noch etwas zu finden. Die einmotorige Piper, voll getankt bis zum Rand, stürzte kurz nach dem Start, nahe dem Kloster-See, doch ein gutes Stück vom Klosterhof entfernt, auf das freie Feld. Beim Aufprall explodierte das Flugzeug. Weitere Explosionen folgten unmittelbar nach. Die Trümmer waren über ein recht großes Areal verteilt. Augenzeugen gab es zu dieser frühen Morgenstunde nicht.«

Falk macht eine Pause, zieht an seinem Zigarillo.

»Die Piper gehörte ›Fly-Systems‹, der Firma von Hubert Haller.«

Homer zündet sich eine Zigarette an, als Falk eine dramaturgische Pause einlegt.

»Hubert Haller«, berichtet er dann weiter, »ist in Firstau geboren, machte am Klenze-Gymnasium sein Abitur, war zwei Jahre bei der Bundeswehr, studierte dann in München Elektronik und schloss als graduierter Ingenieur ab. Nach dem Studium ging er für vier Jahre nach Australien. Was ihn dort hin trieb, kann ich nicht sagen. In Australien lernte er seine spätere Frau kennen. Als er nach Firstau zurückkehrte, gründete er ›Fly-Systems‹. Die Firma entwickelte und vertrieb weltweit elektronische Bauteile und Steuerungskomponenten für Flugzeuge und Schiffe.«

Falk trinkt einen Schluck.

»Viel ist das nicht, eigentlich nur ein Gerüst, ich weiß. Viele Lücken bleiben, die wir versuchen müssen zu füllen.«

»Ich meine«, sagt Homer, »es ist sicher einen Versuch wert, mit dem Aero-Club in Kontakt zu treten, oder?«

»Das hab ich mir auch gedacht«, stimmt ihm Falk zu.

»Gut, ich werde dort mal anrufen.« Homer greift nach einer Flasche. »Biggi, darf ich dir noch ein Glas einschenken? Und dir, Lukas?«

Bei Gundi

Der Nebel hat Firstau feucht und grau im Griff. Von der Au her wabern dichte Schwaden.

Die Hände tief in die Taschen seines Dufflecoat vergraben, den Kragen hoch gestellt, eine blaue Mütze bis über die Ohren gezogen, geht Homer entschlossen in Richtung Bushaltestelle. Dort angekommen stellt er sich dicht neben die Litfaßsäule.

Wie ein Drache mit funkelnden Augen bohrt sich der Bus aus dem Nebel und rollt auf den Standstreifen. Zischend öffnen sich die Türen. Homer steigt ein. Sofort beschlagen seine feuchten Brillengläser. Er nimmt die Brille ab, blinzelt herum und lässt sich auf den ersten Sitz fallen. Der Bus rollt an. Homer putzt mit seinem Taschentuch die Brille.

Als der Bus in den Kreisel einfährt und nach rechts wieder verlässt, erhebt sich Homer von seinem Sitz, stellt sich an den Vorderausstieg, hält sich an der kühlen Metallstange fest. An der nächsten Haltestelle steigt er aus. Er geht die Straße weiter hinunter. Der Bus fährt an ihm vorüber und verschwindet im Nebel. Rechts von ihm beginnt eine hohe Hecke, dann kommt ein Holztor mit Doppelflügel. Schon ist er beinahe vorüber, als er am steinernen Pfosten die Nummer erkennt. Darunter eine breite Kippklingel, die er zwei Mal kurz betätigt, und eine Gegensprechanlage. Erst nach einer Weile, schon fragt er sich, warum hat er nicht vorher angerufen, knackt es und dann meldet sich eine Frauenstimme mit »Ja, bitte?« Er nennt seinen Namen und fragt nach Frau Bauer. Es kommt keine Antwort und dann das Knacken. Das war es wohl, denkt Homer.

Das Summen am Holztor überrascht ihn. Der Flügel gleitet automatisch zurück. Langsam geht er einen ungepflegten Plattenweg entlang durch einen großen Garten. Zu beiden Seiten wilder Rasen. Kahle Bäume wirken im Nebel wie moderne Skulpturen. Die Umrisse eines kleinen Hauses werden mit jedem Schritt deutlicher. Der steile Giebel verliert sich im Grau. Als er sich nähert, wird die Grün gestrichene Haustür geöffnet. Er steht einer ihm auf den ersten Blick hin unbekannten Frau gegenüber. Sie trägt einen weiten bunten Kaftan, der ihre unglaubliche Leibesfülle nur ungenügend zu kaschieren vermag. Ihre braunen Haare sind zu dünnen Zöpfchen geflochten.

»Grüß Gott, mein Name ist Albert Kreitmayer, ich …« sagt Homer.

Die Frau schlägt ihre Hände, die überraschend schlank sind, vor der mächtigen Brust zusammen. »Albertus! Ist das eine Freude!«
Diese Stimme klingt ihm jetzt doch irgendwie vertraut in den Ohren. Steht tatsächlich Gundi vor ihm? Noch etwas unsicher sagt er: »Grüß dich, Gundi.« Als kein Widerspruch kommt, schließt er eine Frage an: »Ich störe dich doch nicht durch meinen Überfall?«
»Unsinn, Albertus. Ich freue mich narrisch. Komm bitte rein.«
Sie tritt neben die Tür und gibt ihm den Weg in einen dunklen Flur frei. Bevor Gundi die Tür schließt, flammt Licht auf, das allerdings auch nur notdürftige Helle spendet. Von der Decke herab baumelt eine verstaubte Jugendstillampe.
Er fühlt Gundis Hand auf seinem Rücken. Die Hand dirigiert ihn in einen Raum, in dem es wohlig warm ist. Solch ein Zimmer hat Homer in seinem Leben noch nicht gesehen. Neben einer Nähmaschine wie aus Großmutters Zeiten steht eine Lampe. Überall liegen Puppen und Torsos davon herum, auf einem großen und einem kleinen Tisch, auf Stühlen, auf dem Sofa, den beiden breiten Fensterbänken, einem dunkelbraunen, fast schwarzen Buffet, zwei Regalen. Dazwischen eine Fülle von unglaublich geschmacklosem Nippes. Stoffe unterschiedlichster Art und Farbe sind überall verteilt. Die Puppen, stellt Homer fest, unterscheiden sich: es gibt Kasperlpuppen, manche Gesichter sind bemalt, andere nur von farblosem Grau, er entdeckt Handpuppen, Marionetten.
Homer dreht sich um. Gundi steht seitlich hinter ihm. Ja, an diese runden haselnussbraunen Augen kann er sich erinnern. Mit einer Mischung aus leisem Spott und einem Hauch von Traurigkeit betrachten sie ihn. Offenbar hat Gundi ihm Zeit gegeben, sich umzusehen. Ob sie von ihm etwas hören will? Er entscheidet sich für nein und lächelt sie an. Gundi schiebt sich an ihm vorbei. Mit einer Bewegung ihrer schlanken Hände und starken Arme schafft sie auf dem Sofa und danach auf dem niedrigen Tisch Platz.
»Du, Albertus«, sagt Gundi, »ich freue mich wahnsinnig, dass du mich besuchst. Wie lange haben wir uns nicht gesehen?«
Homer lacht leise. »Ich will besser gar nicht nachrechnen. Ich nehme an, es war bei der Abiturfeier.«
Er öffnet seinen Mantel und greift nach innen. Seine Hand fördert eine Flasche Wein zu Tage. Er reicht sie Gundi hin.
»Mitgebracht hat er mir auch was, der Kavalier!«, ruft sie. Auf dem dicken, runden Gesicht erscheint eine leichte Röte. Sie greift nach seinem Oberarm. »Schon damals hattest du Stil, Albertus. Darf ich

dir einen Tee anbieten? Er steht in der Küche auf dem Stövchen. Wir plaudern doch eine Weile miteinander, nicht wahr?«

Homer meint Augen und Gesicht betteln zu sehen. Hinter dem aufgedunsenen Antlitz ist die frühere betörende Schönheit kaum noch zu erahnen. Homer beschleicht ein melancholisches Gefühl. Er nickt.

»Setz dich bitte, Albertus. Ich hole den Tee.«

Er zieht seinen Mantel aus und legt ihn über die Lehne eines Stuhls. Auf dem Weg zum Sofa muss er über Puppenschachteln und diverse Dosen steigen, die Bänder, Stoffreste, bunte Perlen, Filzstükke, Draht und noch mehr, was er gar nicht alles erfassen kann, enthalten. Gundi muss wie im Schlaf wissen, wo all das Zubehör sich befindet, so traumwandlerisch bewegt sie sich.

Zwei Tassen mit aromatisch duftendem Tee stehen auf dem Tisch. Zuerst greift Gundi danach. Da sie leise schlürft, tut er es ihr ungeniert nach. Dem kochend heißem Getränk ist ohnehin nicht anders beizukommen. Die Tasse noch in der Hand macht sie mit dem anderen Arm eine raumgreifende Bewegung.

»Wie gefällt es dir bei mir, Albertus?«

Homer zwinkert ihr zu. »Ehrlich, Gundi?«

Lächelnd nickt sie.

»Ungewöhnlich, Gundi. Aber mir gefällt es. Es ist gemütlich. Hier wird gelebt.« Er lässt seine Augen wieder durch den voll gestopften Raum wandern.

»Das ist mein Wohnzimmer«, sagt Gundi, »und gleichzeitig meine Werkstatt.«

»Du hast ein Puppenstudio. So steht es im Telefonbuch.«

»Ich stelle Puppen her. Puppen in allen nur denkbaren Variationen. Ich bin eine Puppenmutter.«

»Für wen fertigst du die Puppen, Gundi?«

»Für Läden in ganz Deutschland und auch Österreich. Für Theater, manchmal für Filmproduktionen, und auf Bestellung für private Kunden.« Sie beugt sich nahe an ihn heran. Hinter vorgehaltener Hand, wie eine Verschwörerin, flüstert sie ihm zu: »Ich kann gut davon leben und, was für mich noch wichtiger ist, es macht viel Spaß.« Gundi hebt den Kopf und schaut in den Raum hinein. »Nicht wahr, Kinder, wir haben viel Spaß miteinander.« Sie scheint tatsächlich auf eine Antwort zu lauschen.

»Woher kannst du das, Gundi? Neben Begabung verlangt es doch auch ein handwerkliches Geschick«, will Homer wissen.

»Meine Tante hat es mir beigebracht. Ihr verdanke ich alles, nicht nur dieses Haus.« Gundi hat während dieser Worte ihre Augen geschlossen und sich zurückgelehnt. Ihre mächtige Brust hebt und senkt sich.
Was ist jetzt, fragt sich Homer.
Doch schon öffnet Gundi ihre Augen wieder, wuchtet ihren schweren Körper nach vorn und greift nach der Tasse.
»Ist doch eine schöne Sache, solch ein heißer Tee, was, Albertus?«
»Wo du Recht hast, Gundi, hast du Recht.« Nach einer kleinen Pause fragt er: »Warum hab ich dich all die Jahre nie in meiner Buchhandlung gesehen?«
Sie legt die Hände gefaltet in den Schoß.
»Weißt du, Albertus, ich bin kein Bücherleser. Mir langt die Tageszeitung und ein Modemagazin, das mir die Post bringt. Ich verlasse kaum mein Haus. So ist das, mein Freund.«
Dann wendet sie sich zur Seite und nimmt eine Puppe, einen Harlekin, von der Lehne des Sofas. Sie hält ihn mit beiden Händen und setzt ihn sich auf die Knie. Mit der einen Hand dreht sie den Kopf des Harlekin Homer zu. Puppe und Frau sehen Homer an.
»So sehr wir uns freuen, dass du hier bist, Albertus, fragen wir dennoch, was dich zu uns geführt hat?«
»Ich bin auf der Suche nach einigen Wahrheiten.«
»Welche Wahrheiten? Wir sind neugierig, Albertus.«
Homer scheint kurz zu zögern. »Was kannst du mir über Hubi sagen, Gundi?«
Augenblicklich verdüstert sich Gundis Gesicht und in ihren Augen erlöscht die Helligkeit.
»Hubi? Warum fragst du mich ausgerechnet nach ihm? Der Hurensohn ist doch seit Jahren unter der Erde.«
Homer kichert. »Vielleicht ist es das Alter, Gundi, wer weiß? Ich bin auf den Spuren unserer toten Klassenkameraden. Und da Hubi der Erste war ... nun, deshalb bin ich hier.«
Lächelnd legt ihm Gundi die Hand auf den Arm.
»Schlecht geflunkert, Albertus. Wer das glaubt, der wird selig. Nein, nicht nervös werden, Albertus. Was willst du wissen?«
»Damals wurde gemunkelt, dass ihr beiden ...«
Ein amüsiertes Funkeln macht ihre Augen wieder lebendig. Bemerkt sie, dass sie dem Harlekin ausdauernd über den Kopf streichelt?
»Wir wussten, dass man über uns tuschelte. Aber das war uns völlig egal. Es war eine wilde, eine schöne Zeit damals, die schönste Zeit

meines Lebens.« Sie schaut ins Irgendwo. Homer betrachtet sie fasziniert. »Hubi war meine erste – meine große Liebe.«

Sie seufzt, erhebt sich schwerfällig, klemmt den Harlekin unter den Arm, und verlässt den Raum. Homer weiß nicht, ob und wie er reagieren soll. Er giert direkt nach einer Zigarette. Er wird Gundi fragen, ob er rauchen darf. Inzwischen trinkt er den abgekühlten Tee.

Gundi kommt zurück. Sie hat den Harlekin auf der breiten Schulter liegen, in der einen Hand einen Aschenbecher und einen Bilderrahmen, in der anderen hat sie die Teekanne. Sie stellt den Aschenbecher auf den Tisch, gießt Tee ein, und setzt sich dann.

»Wenn du willst, Albertus, kannst du gerne rauchen.«

»Danke«, sagt Homer und schreitet augenblicklich zur Tat.

Mit einem Finger tippt sie sich an die Nase.

»Ich rieche das gerne. Früher habe ich auch geraucht.« Sie lächelt. »Wie ein Fabrikschlot.«

Als Homer nach der Tasse greift, hält ihm Gundi das Bild hin. Er wirft einen schnellen Blick darauf und beinahe lässt er die Tasse fallen. Er stellt sie zurück und nimmt das Bild. Es ist ein Schwarzweißfoto. Gundi und Hubi, beide splitternackt, stützen sich mit ausgestreckten Armen an einen Baum und sehen sich am Stamm vorbei an.

»Selbstauslöser«, sagt Gundi. »Ein schönes Bild, nicht wahr?«

Homer sieht sie an. Nein, da ist keine Koketterie im Spiel. Sie meint es ernst.

»Das Foto ist mein kostbarster Besitz, weißt du.« Ihre Stimme klingt jetzt dünn und brüchig.

»Wie lange dauerte euere Beziehung, Gundi?«

Sie scheint durch ihn hindurchzusehen. »Fast drei Jahre. Wir hatten uns alles so schön ausgemalt. Wir wollten in München studieren; Hubi Elektronik und ich Theaterwissenschaften. Und dann hab ich blöde Kuh alles kaputt gemacht. Ich hätte wissen müssen, wie Hubi reagiert.« Sie hat jetzt wieder den Blick, der durch die Wände zu dringen scheint. »Wir waren verabredet und er kam nicht. Ich machte mich auf den Weg zu ihm. Mit jedem Schritt steigerte sich meine Wut. Ich bollerte mit der Faust an die Tür seiner Hütte, seinem hochheiligen Labor. Als er in der Tür auftauchte, sah er mich zuerst erstaunt, dann zerknirscht an. Tut mir Leid, ich habe die Zeit vergessen, sagte er mit seinem unverschämten Grinsen. Und das ließ meine Wut überkochen. Mach das nie wieder, schrie ich wie eine Megäre. Sein Gesicht wurde übergangslos zu Eis. Er drehte sich um und schloss die Tür.« Gundi streichelt den Harlekin. »Damit war es aus mit uns beiden. Ich brauchte sehr lange, bis ich damit halbwegs klar kam. Im Rückblick besehen, hat dieser dumme Moment mein gesamtes Leben bestimmt.«

Dann sprudelt ein Wasserfall von Worten zwischen ihren immer noch schön geformten Lippen hervor.

Gundi begann ihr Studium, obwohl es ihr sehr lausig ging. Jeden Tag musste sie sich regelrecht aus ihrem ständigen Tief aufrappeln. Danach nahm sie den Tag, wie er eben so kam. Für sie war die Zukunft nicht mehr von Bedeutung, sie war ihr völlig einerlei. In einer Studentenkneipe jobbte sie als Bedienung. Irgendwann wurde sie von einem Typen angesprochen, der ihr den Vorschlag machte, in einem Nachtclub hinter der Bar zu arbeiten. Sein bestes Argument dafür war das Geld. In einer Woche konnte sie dort mehr verdienen, als in einem Monat in der Kneipe. Als sie nach einiger Zeit begann, durch die diskrete Vermittlung ihres »Freundes« Berni, dem einen oder anderen Gast des Clubs, den sie meinte selbst auszuwählen, ihre Gunst zu gewähren, nahm sie das nicht richtig ernst. Sie glaubte, mit den Männern zu spielen.

Die wollten doch nur ihren Körper, sie selbst war so kalt wie das Innere eines Kühlschranks. Zudem war sie nicht für jeden erschwinglich.

Bis zum Abschluss ihres Studiums und auch noch, als sie eine feste Anstellung an einem Theater hatte, führte sie dieses Doppelleben. Den Luxus, den sie sich durch ihren »Nebenjob« leisten konnte, genoss sie mit vollem Bewusstsein.

Viele Jahre lang ging das gut. Dann wurde sie krank, sehr krank. Mehr als zwei Jahre verbrachte sie in Kliniken und Sanatorien. Überraschend lange stand Berni zu ihr, bis er sich dann doch nicht mehr blicken ließ. Danach stand sie alleine vor den Trümmern ihres Lebens. Von ihrer Schönheit und auch auf ihrem Konto war nichts geblieben.

»Da lernst du Demut, Albertus, Demut gegenüber dem, was du nicht ändern kannst«, sagt sie.

Der einzige Mensch, bei dem sie Zuflucht suchen konnte, war eine alte Tante in Firstau. Ohne Fragen zu stellen, nahm die Tante sie bei sich auf.

In Gundis Augen scheint so etwas wie Ironie aufzuleuchten.

»Denke nicht, Albertus, ich würde Trübsal blasen. Ich bin dankbar für jeden Tag. Mir ist sehr bewusst, welches Glück ich letztendlich doch hatte und immer noch habe. Ich tue etwas Sinnvolles und die Arbeit macht mir Freude. Wie viele Menschen können das von sich behaupten? Und ich bin relativ gesund, es ist jedenfalls auszuhalten. Was will ich mehr?«

Homer zündet sich eine weitere Zigarette an. Er ist erstaunt über sich, wie diszipliniert er seiner ehemaligen Klassenkameradin zugehört hat. Er, der so gerne selbst ohne Punkt und Komma redet.

»Wie brav du meiner Beichte gelauscht hast, Albertus«, sagt Gundi.

Kann das Mädel Gedanken lesen, schießt es ihm durch den Kopf.

»Dabei bist du gekommen, um etwas über Hubi zu hören. Tut mir Leid, damit kann ich nicht dienen. Ich weiß nur, dass er, statt zu studieren zur Bundeswehr ging. Von seiner Firma habe ich erst später von seiner Schwester erfahren, die ich zufällig mal traf. Zu der Zeit war er bereits tot.«

»Wo kann ich seine Schwester finden, Gundi?«

Sie hebt ihre breiten Schultern. »Ich kann mich umhören, Albertus. Wenn ich es erfahre, melde ich mich gleich bei dir.«

Als Homer dann den Weg vom Haus zur Straße geht, hinein in den trüben Nebel, kommt ihm eine Zeile aus der »Odyssee« in den Sinn: *Zeus selbst verteilt das Glück an die Menschen, ob gering oder edel, so wie er es will, einem jeden.*

Der alte Lehrer

Mit eiligen Schritten sind Homer und Lukas Falk auf dem Weg vom Altstadtparkhaus zum Weinlokal »Boccalino«. Der kalte Sprühregen verwandelt die Luft zu einem unangenehmen feuchten Vorhang. Kaum jemand begegnet ihnen, die Altstadt scheint wie ausgestorben. Als sie das Lokal erreichen, die Tür hinter ihnen ins Schloss fällt, schütteln sich beide wie nasse Hunde. Homer sieht den Freund an.

»Ob Doktor Loderer unseren alten Lehrer überreden kann, zu kommen?« Der Zweifel in Homers Stimme ist nicht zu überhören.

Das »Boccalino« ist gut besucht. Die Stimmen der Gäste sammeln sich in den Gewölben zu einem leisen Summen. Falk bleibt am Tresen stehen. Der Wirt weist mit ausgestrecktem Arm in den Hintergrund. Dort, nahe der in die Wand eingebauten Vitrine, ist ein Tisch für sie reserviert.

Gerade haben sie ihre Mäntel an den hölzernen Jugendstilständer gehängt und Platz genommen, als die Bedienung erscheint. Die junge Frau, in weißer Bluse, einem engen schwarzen Rock und mit blondem Bubikopf ist sehr attraktiv, wie Falk sofort feststellt. In seine Bestellung flicht er geschickt ein Kompliment ein, was mit einem angedeuteten Knicks quittiert wird.

Bis der Rotwein für Falk und der Glühwein für Homer kommen, rauchen die beiden. Nach wenigen Zügen drückt Homer seine Zigarette wieder aus.

»Bist du krank, Homer?«, staunt Falk.

Homer fummelt an seiner großen Nase herum. »Wenn die Zigarette nicht mehr schmeckt, kündigt sich eine heftige Erkältung an.«

Falk lacht. »Womit ein Laster temporär reduziert ist.«

»Die Bazillen müssen mit viel Glühwein bekämpft werden, Lukas«, kontert Homer.

»Glühwein ist heiß, Homer! Kippe ihn nicht wie eine halbe Bier hinunter«, warnt Falk.

»Du bist ein Dämlack, Lukas.«

Als Falk den ersten Schluck Wein trinkt und Homer so diskret wie möglich an seinem dampfenden Becher schlürft, haben beide noch ein kleines Lächeln in den Augenwinkeln.

Den Stiel des Glases mit zwei Fingern umfassend lehnt Falk sich über den Tisch.

»Was ich dir jetzt erzähle, Homer, muss unter uns bleiben.«

»Du kitzelst ein weiteres Laster, Lukas, meine Neugierde.«

»Es ist einige Wochen her, da kam ein relativ junger Braumeister vom Schlossbräu zu mir. Er präsentierte mir einen durchdachten, originellen Plan einer kleinen Brauerei, in der der Sudkessel mitten im Lokal steht, und er vor den Augen der Gäste das Bier braut, das an den Tischen getrunken wird.«

Homer hat beide Hände um den Becher gelegt.

»Und warum, Lukas, ist er damit zu dir gekommen?«

»Er sucht Geldgeber, Homer. Da hat er sich an mich erinnert. Zu Beginn des Jahres machte ich beim Schlossbräu eine Reportage. Vielleicht erinnerst du dich? Sie war ein Beitrag zum schier endlosen Spiel um die Neugestaltung des nördlichen Schlossbergs.«

»Der Hickhack im Stadtrat erinnert mich fatal an Schilda«, sagt Homer. »Das Schlossbräu geschlossen, Brauerei sowie Wirtshaus. Die Häuser der Umgebung stehen so gut wie leer. Und nichts tut sich.«

»Politik eben, Homer. Warum soll es im Kleinen anders sein als im Großen? Was bliebe mir für meine Zeitung, würde in der Politik nach klaren sauberen Regeln gespielt?« Falk lacht vor sich hin. »Aber zurück zu dem cleveren Braumeister, der die Zeit optimal zu nutzen versucht. Wenn das Schlossbräu eines Tages wieder öffnet, wird die kleine Brauerei längst etabliert sein. Er hat auch schon den Namen parat: ›Wittelsbacher Keller‹.«

»Ein guter Name. Hat er auch bereits eine Lokalität im Auge?«

»Hat er, Homer, hat er. In der Markthalle.«

Homer juckt sich die Nase. »Wen hat er außer dir noch angesprochen, Lukas, weißt du das?«

»Krüll.«

Homer staunt. »Hast du Müll – dann hilft dir Krüll.«

»Genau«, bestätigt Falk.

»Immer ist es dir lieb, entfernt von mir und gesondert Heimliches auszudenken und zu entscheiden, und niemals hast du gewagt, mir offen zu sagen, was du im Sinn hast«, kommt ein Homerzitat.

»Halt, mein Freund, bitte keine falschen Schlüsse. Ich musste ihm unbedingte Vertraulichkeit zusichern. Und du weißt, Homer, ich halte meine Zusagen.«

Homer hebt seine Augen zur steinernen Rundung der Decke. »Ich habe gerade eine verlockende Vision, Lukas: Ich trinke mein eigenes Bier, sozusagen.«

»Pro domo«, sagt Falk grinsend. »Ich verstehe dich doch richtig: Du bist interessiert einzusteigen? Das ist Risikokapital, Homer!«

»Wenn ich im ›Wittelsbacher Keller‹ mein Bier trinke, minimiert sich das Risiko«, behauptet Homer mit ernster Miene.

»Der Anteilseigner als bester Gast«, lacht Falk.

»Frage Lukas: Warum lässt du dich auf dieses Abenteuer ein? Du bist doch sonst die Vorsicht in Person.«

»Du hast Recht, ich musste schon über meinen Schatten springen. Aber die Idee hat mir vom ersten Augenblick an gefallen. Zudem reizt mich die Vorstellung, der Stadt, als Gesellschafter des Schlossbräu, ein wenig ans Bein zu pinkeln. Und: Sed placet experiri – Man muss etwas probieren.«

»Das ist nun mal ein plausibler Grund, Lukas.« Homer gluckst vor sich hin. Er trinkt seinen Becher leer und blickt sich nach der Bedienung um. »Die Herren Doktores sind im Anmarsch.«

Loderer, im grauen Mantel mit Pelzkragen, der ihn noch zarter wirken lässt, hinter ihm Ginger, der ehemalige Studienrat, in einer dicken wattierten Jacke und Wollmütze, treten an den Tisch. Zur Begrüßung erheben sich Homer und Falk.

Bis die Getränke gebracht werden, ist das Wetter das Thema. Erst dann wendet sich Homer an seinen alten Lehrer: »Herr Doktor, wir …«

Ginger unterbricht ihn. »Herr Loderer hat mich ins Bild gesetzt, Herr Kreitmayer.« Homer wirft Loderer einen schnellen Blick zu. Der kleine Doktor zwinkert mit den Augen.

Ginger lehnt sich gegen die Rückenlehne seines Stuhles, faltet die Hände auf dem Tisch. »Seit dem Gespräch mit Herrn Loderer krame ich in meinen Erinnerungen, bewegen sich meine grauen Zellen auf Hochtouren. Was kann ich über Haller sagen? Er war Ihr Mitschüler, Herr Kreitmayer. Es versteht sich per se, dass Sie ihn besser kannten als ich. Es spricht für die Besonderheit des Schülers Haller, das ich mich an ihn erinnere, während eine Vielzahl der Schüler mit den Jahren zu namenlosen Schatten wurden. Mir als Mathematiklehrer nötigte Haller Respekt ab. Er konnte abstrakt denken. Seine Logik war von jeder Emotion frei. So etwas ist für einen Mathematiklehrer eine reine Freude. Doch als Pädagoge erschien mir sein kaltes Wesen aber auch bedenklich.«

»Sind Sie später, nach der Schulzeit, Haller noch einmal begegnet, Herr Doktor?«, fragt Homer, wendet sich abrupt zur Seite und niest kräftig.

»Entschuldigung.«

»Gesundheit«, tönt es am Tisch.

»Ja, ich habe Haller noch mal gesehen«, sagt Ginger. Er fährt sich mit der flachen Hand über das dichte weiße Haar. »Es war ein Zufall. Ich war zu Fuß unterwegs, als neben mir ein großes Auto an den Straßenrand rollte. Die Tür ging auf, Haller sprang heraus und begrüßte mich fast überschwänglich. Ich erkannte ihn auf der Stelle, hatte er sich doch kaum verändert.«

Homer wirft Falk und Loderer einen schnellen Blick zu. Seht ihr! Was hab ich gesagt!

»Wir haben uns eine ganze Weile unterhalten. Eigentlich erwartete ich auf meine Frage, was er so mache, die Antwort: Professor eines der naturwissenschaftlichen Fächer. Doch weit gefehlt. Er war Unternehmer. Wie hieß die Firma? Ein englischer Name – irgendwas mit Fliegen. Mir fällt es nicht ein – pardon.«

»Fly-Systems«, kommt Homer zu Hilfe.

Ginger schnippt mit zwei Fingern in die Luft.

Homer grinst ganz ungeniert.

Ginger runzelt seine Stirn. »Was gibt es, Herr Kreitmayer?«

»Eine kleine Reminiszenz an unsere Schulzeit, Herr Doktor. Ihre ganz persönliche Note.«

Über das Gesicht von Ginger huscht ein Lächeln. »Sie meinen dies?« Er schnippt mit den Fingern.

Homer und Falk nicken synchron.

»Ich konnte es mir nie abgewöhnen«, sagt Ginger. »Wenn meine verstorbene Frau mich hochnehmen wollte, nannte sie mich ihren ›Schnipper‹.«

Die Unterhaltung steuert in ein anderes Fahrwasser, weg von Haller und hin zu Erinnerungen an die Schulzeit. Bis plötzlich der Name Reger fällt. Das Schnippen kommt wie ein Peitschenknall. Am Tisch ist es augenblicklich still.

»Nachdem wir einen weiten Bogen geschlagen haben«, sagt Ginger, »sind wir doch wieder bei Haller angelangt.«

Ein wenig verwirrt sieht Homer den alten Studienrat an. »Das verstehe ich jetzt nicht, Herr Doktor.«

»Haller und Reger? Die Verbindung ist Ihnen nicht bekannt? Nein?«

Homer schüttelt seinen Kopf. »Was haben die beiden miteinander zu tun?«

»Reger war Hallers Geschäftsführer.«

»Sind Sie ganz sicher, Herr Doktor?«, fragt Falk mit unverhohlenem Zweifel in der Stimme.

»Hundertprozent sicher, Herr Falk. Haller selbst hat es mir gesagt.«

Mehr zu sich selber murmelt Homer: »*Wie doch immer der Gott den Gleichen gesellt zu den Gleichen.*«

Ginger schaut Homer verblüfft an. »Was war das, Herr Kreitmayer?«

Die Antwort kommt von Falk. »Herr Doktor, das war das Fingerschnippen meines Freundes.«

Ginger nimmt seinen Kopf zurück und lacht. »Ein Erbe von Doktor Brock, der Homer so sehr liebte, Herr Kreitmayer, ja?«

»So ist es. Doktor Brock gab mir Homer zu lesen. Und da ich zu gerne daraus zitiere, haben mir meine Freunde den Namen ›Homer‹ verehrt.«

Ginger nickt vor sich hin. Dann räuspert er sich. »Ihren Homerworten muss ich leider meine Zustimmung verweigern. Was mich an der Partnerschaft von Haller und Reger so erstaunte, war in der Hauptsache, dass sie vom Charakter her so konträr waren. Oder täuscht mich da meine Erinnerung?«

Homer wechselt einen kurzen Blick mit Falk. »Aus Ihrer Sicht, aus Sicht des Lehrers, mögen die beiden tatsächlich nicht zusammen passen. Dennoch – in wichtigen Punkten sind sie kompatibel. Oder Lukas?«

»Das sehe ich auch so.«

»Dieser Reger – seinen Vornamen weiß ich nicht mehr – war doch, im Klartext gesagt, unzuverlässig, ein Blender und Schwätzer, mit einem Wort: ein Windhund. Ist das falsch, dann nichts für ungut, ein Mensch kann sich auch ändern.«

»Günter, so sein Vorname, Herr Doktor, war genau so, wie sie ihn beschreiben. Obwohl er zwei Jahre jünger war als wir, zählte er damals schon zu dem handverlesenen Kreis um Hubi Haller. Fragen Sie mich nicht weshalb. Aber so kommt es, dass ich sagen kann, die beiden hatten einiges gemeinsam. Beide waren ausgesprochene Egomanen, jeder konnte bis zum Kotzen – Entschuldigung – impertinent sein. Der eine wie der andere war dazu fähig, die unglaublichsten Scharaden durchzuziehen. Günter besaß die Fantasie, Hubi das Geschick. Glauben Sie mir, Herr Doktor, die haben sich gesucht und gefunden. Und doch ist es für mich überraschend, dass Günter Hubis Geschäftsführer war. Was hat Günter gemacht, als Hubi tot war?«

»Das kann ich Ihnen nicht sagen. Ich weiß es nicht«, sagt Ginger.

»Auf der Beerdigung habe ich ihn nicht gesehen«, sagt Homer.

Dann kreisen seine fragenden Augen um den Tisch. »Warum eigentlich nicht? Damals wunderte ich mich nicht. Dafür aber jetzt. Wenn der Chef einer Firma zu Grabe getragen wird, sollte doch der Geschäftsführer unter den Trauergästen sein, oder?«

»Es wäre tatsächlich interessant zu wissen, wo Günter abgeblieben ist«, sagt Falk.

»Landen solche Typen wie dieser Reger«, meldet sich Loderer wieder einmal zu Wort, »nicht wie eine Katze immer wieder auf den Füßen?«

Die Männer beginnen mit den unterschiedlichsten Möglichkeiten, auch sehr fantastischen, zu spielen. Während der alte Studienrat sich daran munter beteiligt, hält Homer sich zurück.

Als Ginger seinen letzten Schluck Wein getrunken hat, wirft er einen Blick auf seine Uhr und ist überrascht, wie weit die Zeit schon fortgeschritten ist.

»Meine Herren, ich danke Ihnen für den unterhaltsamen Abend«, sagt er. »Für mich wird es Zeit, den Heimweg anzutreten.«

»Ich schließe mich Ihnen an«, sagt Loderer.

»Vielen Dank, Herr Doktor Ginger, dass Sie gekommen sind«, sagt Homer.

»In nächster Zeit, Herr Kreitmayer, noch vor Weihnachten, werde ich mich in Ihrer Buchhandlung sehen lassen.«

»Ich freue mich, Herr Doktor. Darf ich Ihre Zeche übernehmen?«

Ginger erhebt sich, lächelt. »Da sage ich nicht nein. Danke.«

Als die Doktores gegangen sind, fragt Falk: »Trinken wir noch was, Homer?«

»Mir macht meine Nase ganz gehörig zu schaffen. Ich denke, für mich wäre es gut, schnell in die Federn zu kommen.«

Nachdem sie bezahlt haben und ihre Mäntel anziehen, sagt Falk: »Haller und Reger! Auch wenn du das Gespann nicht für wunderlich einstufst, für mich ist es das schon.«

»Ein neuer, überraschender Aspekt, Lukas, gewiss. Vielleicht auch ein kleiner Schritt vorwärts.«

Als sie das »Boccalino« verlassen, ist der Regen in Schnee übergegangen.

Gespräch im Aero-Club

Seit Stunden schneit es. Einer endlosen Polonäse gleich schiebt sich der Feierabendverkehr durch Firstau. Falk muss sich in Geduld üben, denn es gibt kaum eine Lücke in der Kolonne. Neben ihm sitzt Homer, der ein Taschentuch an seine Nase hält. Falk trägt eine Wildlederjacke und keine Kopfbedeckung, Homer einen dicken Mantel und eine Skimütze, um den Hals einen dicken Wollschal gewunden.

»Dich hat's kräftig erwischt, Homer.«

Als Antwort kommt ein unverständliches Krächzen.

»Was lutschst du denn?«, fragt Falk.

Homers Hand taucht in seine Manteltasche und fördert eine Papiertüte heraus.

»Kandiszucker. Magst du?« Homers Stimme ist rau.

Falk greift zu. »Morgen bellst du wie ein Hund, meine ich.«

In diesem Moment gelingt es Falk endlich, sich einzufädeln.

»Biggi hat mir den Kandiszucker mitgebracht. Nicht nur, dass er mir schmeckt, ich bilde mir auch ein, er hilft.«

»Ja, ja, Biggi«, murmelt Falk vor sich hin.

»Gestern abend hat sie mich in die Badewanne gesteckt und mir striktes Rauchverbot erteilt. Na ja, im Augenblick schmeckt mir die Zigarette ohnehin nicht.«

»Gewöhnt ihr euch nicht zu sehr aneinander, Homer?«

Homer niest kräftig und putzt sich dann lautstark die Nase.

»Gesundheit«, wünscht Falk.

Sie stehen vor einer roten Ampel. »Was ist, wenn der Professor zurückkommt?«, fragt Falk.

»*Atreussohn, welch Wort entfloh dem Zaun deiner Zähne?*« Kurzes Schweigen. Dann: »Wir denken einfach nicht daran.«

Falk glaubt dem Freund nicht.

Sie verlassen die Hauptstraße und sofort verschlechtern sich die Straßenverhältnisse. Falk drosselt die Geschwindigkeit.

»Wen vom Aero-Club hast du erreicht, Homer?«

»Einen komischen Typen mit Namen Stoll. Zuerst dachte ich, da versucht mich einer zu verarschen. In jedem Satz nannte er mich mindestens einmal Mister. Wer ist dieser Stoll, Lukas?«

»Offiziell gehört er dem Vorstand an. Tatsächlich ist er der Adlatus des Vorsitzenden.«

»Werik?«

»Ingenieur Donald Werik, ein unangenehm arroganter Mensch. Im Club lässt er sich gerne als Präsident titulieren. Kennst du ihn nicht?«

»Persönlich nicht, nein.«

»Jedenfalls können wir froh sein, mit Stoll zu sprechen. Wenn uns dort jemand weiterhelfen kann, dann er.«

Das Schneetreiben wird dichter. Kaum haben sie die letzten Häuser passiert, liegt eine geschlossene Schneedecke auf der wenig befahrenen Straße.

»Woher weißt du eigentlich, dass es ›Fly-Systems‹ nicht mehr gibt, Homer?«

»Wie kommst du jetzt darauf, Lukas?«

Ausgiebig putzt sich Homer die Nase.

»Sag schon, Homer!«

»Ich habe im Branchenverzeichnis geblättert und herumtelefoniert. Nichts.«

»Deine Suche hat sich auf Firstau beschränkt, oder?«

Die Antwort ist ein Niesen.

»Kann die Firma nicht verlegt worden sein oder den Namen gewechselt haben? Jemand muss doch ›Fly-Systems‹ zumindest in Firstau aufgelöst haben. Reger?«

»Apropos Reger«, krächzt Homer. »Doktor Loderer ist zum Einwohnermeldeamt marschiert und fragte nach Reger. Und Reger wird als unbekannt verzogen geführt.«

»Was heißt das? Ist es nicht Pflicht, sich umzumelden?«

»Wie auch immer, Reger hat es nicht getan. Offenbar hat er sich dünne gemacht.«

»Dieser Reger wird mir immer rätselhafter.«

Homer schweigt dazu. Er beschäftigt sich mit dem Taschentuch und seiner Nase. Dann schiebt er ein weiteres Stück Kandiszucker in den Mund.

Vor einer Kurve verringert Falk das Tempo. Vorsichtig lenkt er in eine schmale Seitenstraße. Die Büsche und Bäume zu beiden Seiten sind durch das Schneetreiben nur schemenhaft zu ahnen. Der Wagen fährt auf den Parkplatz, auf dem nur ein einziges Auto steht, ein Kleintransporter. Falk hält direkt daneben. Sie steigen aus, eilen auf die große Halle zu, biegen um die Ecke, kommen in den Windschatten, wo sie der Schnee nicht mehr trifft. Das Licht aus einem großen Fenster zeichnet einen hellen Streifen bis hinaus auf das weiße Flugfeld.

Homer geht nahe an das Fenster heran. Sein Gesicht berührt fast die Scheibe.

»Homer, deine Nase könnte jedem Clown Ehre machen«, sagt Falk, der im Schatten geblieben ist.

»Ja, ja, wer den Schaden hat …«

»… spottet jeder Beschreibung«, ergänzt Falk leise lachend.

Ein Mann sitzt mit dem Rücken zum Fenster an einem Schreibtisch.

»Der Kerl dort drinnen trällert munter ein Lied vor sich hin. Hörst du nicht?«

Homer niest kräftig, dann noch einmal.

»Verdammt, meine Nase macht mich noch verrückt! Sie läuft wie ein Brünnlein.«

Der Mann muss Homers Niesen gehört haben. Er erhebt sich, blinzelt zum Fenster hin. Dann geht er durch den Raum, verschwindet dann seitlich aus Homers Blickfeld. Und schon öffnet sich die Tür seitlich dem Fenster nach draußen. Falk springt zurück, um nicht getroffen zu werden. Der Mann in der Tür sieht nur Homer.

»Guten Abend, Mister. Ich bin Otto Stoll.«

»Guten Abend, Herr Stoll. Mein Name ist Kreitmayer.«

»Hab's mir gedacht, Mister. Wir sind ja verabredet.«

»Danke, dass Sie Zeit für mich haben.«

»Kommen Sie rein, Mister. Hier draußen ist es doch zu ungemütlich, nicht wahr?«

Als Falk hinter der Tür hervorkommt, schaut Stoll etwas verblüfft.

»Herr Falk! Wo kommen Sie denn her, Mister?«

»Sie haben mir die Tür um ein Haar an den Kopf geschlagen.«

Stoll lacht laut und lässt die beiden Besucher eintreten.

»Möchten Sie eine Tasse Tee, Mister Kreitmayer? Mister Falk?«

»Danke«, kommt es von beiden. »Ja.«

»Verkühlung Mister?« Stoll sieht Homer an. »Bleiben Sie möglichst weit weg von mir, Mister.«

Er geht zu einem einfachen Regal, das neben einer breiten Schiebetür an der Wand befestigt ist. Dort steht eine Glaskanne auf einem Stövchen. Aus einem Schrank, dessen Rollos offen stehen, nimmt er zwei Tassen.

Neben dem alten Schreibtisch steht eine Couch, davor ein niedriger Holztisch, zu beiden Seiten je ein ausgesessener Sessel. Überall an den Wänden hängen gerahmte Fotos von Segelflugzeugen.

Stoll sitzt auf dem Stuhl am Schreibtisch, Homer und Falk in den Sesseln. Sie trinken Tee.

»Am Telefon haben Sie mir gesagt, Mister«, wendet Stoll sich an Homer, »Sie möchten mit mir über den schrecklichen Absturz damals sprechen.« Er hält die Tasse in der Hand. »Ich habe das Logbuch von damals herausgesucht. Sie haben Glück gehabt, Mister Kreitmayer, mich erreicht zu haben. Ich, als Mädchen für alles im Club, weiß nämlich, wo der alte Kram zu finden ist.«

»Erzählen Sie doch mal, Herr Stoll«, sagt Homer.

»Oh, ich kann mich gut erinnern, Mister. Es war das schlimmste Unglück, das wir hier hatten. Ein Desaster. Dagegen waren alle anderen Vorfälle Bagatellen.« Er schüttelt heftig mit dem Kopf. »Es war früh am Morgen. Ich war nicht hier. Niemand war hier.«

Stoll verlässt seinen Platz und geht zum Fenster. Homer wirft Falk einen schnellen Blick zu, stemmt sich aus dem Sessel hoch und stellt sich auch ans Fenster. Draußen wirbeln die Schneeflocken.

Stoll erzählt, vergisst dabei sogar sein ewiges »Mister«.

Homer folgt seinen Worten. Die Scheibe vor ihm verwandelt sich zur Leinwand für die virtuellen Bilder seiner Vorstellung.

Stoll schweigt.

Homer schweigt. Nur langsam verblassen die eben noch so realistischen Bilder vor seinem inneren Auge.

»Herr Haller flog die Maschine?«

»Wer sonst, Mister? Er selbst hat den Flug ins Logbuch eingetragen und unterschrieben. Am Vortag war er hier, war länger an der Maschine zugange. Vor Zeugen hat er von dem Flug gesprochen, einem Testflug. Er wollte seine Frau mitnehmen.«

»Muss jeder Flug in das Logbuch eingetragen werden, Herr Stoll?«, will Homer wissen.

»Ja, jeder, Mister. Kurze Flüge, Flüge in die nähere Umgebung. Für Überlandflüge muss ein Flugplan eingereicht werden. Dann muss der Flugleiter am Platz sein und die Flugsicherung ist zuständig.«

»War es normal, dass Haller seine Frau zu Testflügen mitnahm?«, fragt Falk aus dem Hintergrund.

Stoll dreht sich um.

»Was heißt normal, Mister? Haller flog oft in Begleitung seiner Frau. Auch Reger nahm hin und wieder seine Frau mit. Durchaus kein ungewöhnlicher Vorgang.«

»Wer flog mehr von den beiden, Haller oder Reger?«, fragt Falk.

»Wenn Sie mich danach fragen, Mister, dann kann ich es nicht mit Sicherheit beantworten. Ich habe nicht mitgezählt. Rein aus dem Gefühl heraus würde ich sagen, Reger ist öfter geflogen, Mister. Meist Geschäftsflüge. In seiner Freizeit, zum Spaß sozusagen, flog er Segler des Clubs. Reger war dem Club übrigens viel mehr als Haller verbunden.«

»Was heißt das im Klartext?«, fragt Homer nach.

Stoll sieht ihn an. »Was, Mister?«

»Reger war dem Club verbunden.«

»Haller nutzte den Club und seine Einrichtungen ausschließlich für geschäftliche Zwecke. Reger hingegen war aktives Mitglied, Mister, ein reges.« Er grinst.

»Wer war der bessere Pilot, Herr Stoll?«

»Wer war der bessere Pilot, Mister?«, wiederholt Stoll.

»Wer von den beiden?«

»Eine schwere Frage, Mister.«

»Versuchen Sie es dennoch, Herr Stoll.«

»Haller war ein cooler Pilot, Mister, flog emotionslos, ich bin versucht zu sagen, er war Teil der Instrumente. Reger war ganz anders, das krasse Gegenteil seines Partners, oft wagemutig bis hin zum Leichtsinn. Da es immer gut ging, brachte ihm seine Art auch Bewunderung ein. Oft schien er diese Bewunderung regelrecht herauszufordern. Er genoss es im Mittelpunkt zu stehen, und besonders, wenn über ihn geredet wurde.«

Homer legt seine Hände auf den Rücken, geht einige Schritte hin und her und bleibt dann vor Stoll stehen.

»Herr Stoll, wurde damals von Sabotage gesprochen oder vielleicht auch nur geflüstert?«

Stoll ist bass erstaunt.

»Otto, überlasse das mir.« Die dunkle Stimme kommt von der Schiebetür her. Der Mann in knöchellangem schwarzem Ledermantel und breitkrempigem Hut, bleibt am Schreibtisch stehen.

»Unser Präsident, Ingenieur Werik«, sagt Stoll und vermittelt das Gefühl, als würde er sich liebend gerne in Luft auflösen.

Werik legt den Hut auf den Schreibtisch. Sein Lächeln wirkt keineswegs freundlich.

»Wie oft habe ich dir gesagt, Otto, du sollst nicht so naiv herumplappern? Wie einfach ist es, aus deinen harmlosen Worten vertrackte Lügengespinste zu drechseln?«

Stoll zieht den Kopf zwischen die Schultern und schweigt. Von

Werik geht eine Arroganz aus, die Homer unsympathisch, ja geradezu widerlich ist. Er wartet gespannt darauf, was nun kommen mag. Er meint, einem Schauspieler in seiner Rolle zuzusehen.

Werik wendet sich Falk zu. »Wir kennen uns, Falk.« Diese Worte klingen so, als sei dies eine Ehre für Falk. »Wer ist Ihr Begleiter?«

»Mein Freund Albert Kreitmayer.«

»Der Name sagt mir nichts.«

»Herr Kreitmayer ist Inhaber der Buchhandlung ›Homer & Freunde‹ in Firstau.«

Die Antwort scheint ihn nicht im Geringsten zu interessieren. Werik legt seine Hand auf das Logbuch.

»Ich habe Ihnen eine Weile zugehört. Zu der Frage nach einem Verdacht von Sabotage sage ich nichts.« Werik macht eine Handbewegung, als wolle er eine lästige Fliege verscheuchen. »Es ist reiner Nonsens.« Über den tief liegenden Augen legt sich die Stirn in Falten. »Ich versuche zu begreifen, warum Sie, quasi hinter meinem Rücken, hierher kommen und Fragen stellen.«

»Wo ist Günter Reger abgeblieben, Herr Werik?«, fragt Homer mit seiner rauen Stimme. Er geht auf den Ingenieur zu, bis ihn der süßliche Duft, der Werik umgibt, stoppt.

Werik macht ein Gesicht, als begehe Homer gerade eine Majestätsbeleidigung. Homer amüsiert das im Stillen. Er will austesten, wie weit er diesen Mann reizen kann.

»Ich habe Sie etwas gefragt, Herr Präsident.«

Weriks Augen springen hinüber zu Stoll, kehren wieder zu Homer zurück, weichen aber dem Versuch eines Blickkontaktes aus.

»Keine Ahnung«, sagt Werik. »Ich habe Reger seit damals nicht mehr gesehen.«

»Finden Sie das nicht sonderbar?«

Werik zuckt lässig mit den Schultern. »Bin ich der Hüter meiner Mitglieder?«

»Ihrer Mitglieder?«

»Ich bin der Präsident des Aero-Clubs.«

»*Wie wenn aus den Wolken erscheint ein finsterer Nebel, wenn nach Schwüle ein Wind, ein widrig blasender, anhebt*«, zitiert Homer.

Ohne jedes Verständnis sehen ihn die hellen Augen Weriks an.

Homer dreht sich um. »Wir danken Ihnen, Herr Stoll. Sie waren sehr freundlich. Vielen Dank für den Tee.«

Noch immer schneit es heftig, als Homer und Falk das Büro des Aero-Clubs verlassen. Neben Falks Auto steht ein Geländewagen.

»Werik fährt ein Großstadtförsterauto«, sagt Homer. »Passt wie die Faust aufs Auge, nicht wahr?«

Falk lacht.

Langsam rollen sie vom Parkplatz in das Schneegestöber hinein.

»Rate mal, Lukas, was mir durch den Kopf geht«, sagt Homer.

Falk kennt den Freund zu gut, um zu wissen, dass diese Frage nicht der Beginn eines kindlichen Rätselratens sein soll. Er will von ihm, Falk, die Bestätigung haben, dass ihre Überlegungen in die gleiche Richtung gehen.

Erst als sie auf der Straße langsam dahin fahren, sagt Falk: »Wir werden uns noch intensiver um Reger kümmern müssen, Homer.«

»Genau, Lukas«, bestätigt Homer und niest herzhaft.

Das Orgelkonzert

Die hohen Fenster der Stadtkirche sind hell erleuchtet. Homer und Biggi kommen die steile Schlossbergstraße herauf. In der Kälte wird ihr Atem zu kleinen Wölkchen. Sie überqueren die Rathausstraße und den Kirchplatz. Vom Seitenpokal der Kirche leuchtet ihnen das gelbe Plakat entgegen.

»Orgelkonzert in der Stadtkirche. Severin Dietz spielt Bach, Buxtehude, Lefébure-Wély sowie eigene Werke«.

Homer zieht die schwere Holztüre auf und lässt Biggi den Vortritt in die Kirche. Indirekte Beleuchtung taucht das hohe, lang gezogene Kirchenschiff in warmes, leicht gelbliches Licht. Noch sind die dunklen Holzbänke nur gut zur Hälfte besetzt. Biggi entdeckt die erhobene Hand weit vorne.

Durch den Seitengang gehen sie bis zur vierten Reihe. Loderer, Falk und dessen Freundin Renate sehen ihnen entgegen. Biggi dirigiert Homer sanft in die Reihe. Nach kurzer Begrüßung sitzen die drei Männer nebeneinander. Wie auf Befehl stecken sie sofort ihre Köpfe zusammen. Die beiden Frauen, die jeweils außen sitzen, lächeln sich über die Distanz hinweg an.

Loderer beginnt leise zu sprechen: »Ich war auf dem Landratsamt. Der Sohn einer Nachbarin – eine nette Dame übrigens – ist Sachbearbeiter beim Sozialamt. Ich bin einfach zu ihm reinmarschiert und habe ihn gefragt, ob er feststellen könne, ob ein Ehepaar Haller in einem der Altenheime lebe. Vorher hatte ich bereits eruiert, dass die beiden Hallers, die im Adressbuch verzeichnet sind, mit unserem Haller nichts zu tun haben. Außerdem weiß ich inzwischen, dass Hallers Elternhaus verkauft ist.«

»Respekt, Doktor«, lobt Homer, schnieft und putzt sich dann die Nase. »Sind Hallers Eltern nicht zu jung für ein Altenheim, Doktor?«

Verblüfft sieht der kleine Doktor Homer an. »Da mögen Sie Recht haben. So weit habe ich gar nicht gedacht. Wie auch immer: Im Computer war der Name Haller nicht zu finden. Aber der Name Reger war ein Treffer.« Loderer zwinkert mit einem kleinen triumphierenden Lächeln zu Homer hin. »Eine Frau Reger ist ein Pflegefall, der von der Caritas betreut wird. Allerdings muss ich noch recherchieren, ob da eine Verbindung zu unserem Reger besteht. Recht so, Homer?«

»Ich danke Ihnen, Doktor. Und wie war das mit Hubis Elternhaus?« Mit einer hektischen Bewegung drückt er das Taschentuch an die Nase.

»Vom Landratsamt aus bin ich auf einen Sprung ins Thoma-Café. Dort traf ich Doktor Ginger. Es war kaum zu vermeiden, dass wir auf Haller zu sprechen kamen. Dr. Ginger kannte das Elternhaus, da er nicht allzu weit davon entfernt wohnt. So spazierten wir zusammen hin. Nachdem wir eine Weile unentschlossen davorgestanden sind, trauten wir uns dann zu klingeln. Es ist ein schmuckes Haus, erst vor kurzer Zeit hergerichtet. Eine nette Frau hat uns geöffnet. Vor acht Jahren haben sie und ihr Mann das Haus über einen Makler gekauft. An den Namen des Vorbesitzers konnte sie sich nicht erinnern.«

Schon während der letzten Worte Loderers erlöschen die über dem Mittelgang hängenden Lampen. In der Kirche wird es still.

Homer kommt gerade noch dazu, bevor die Orgel mit Macht einsetzt, dem kleinen Doktor zuzunicken. Dann lehnt er sich gegen die harte Rückenlehne und greift nach Biggis Hand. Richtig gut fühlt sich Homer, neben sich die Frau, die er liebt, dazu seine Freunde. Er freut sich auf die Musik. Er stellt sich Severin Dietz vor, diesen bulligen Mann mit dem kahlen Schädel, Großbauer aus Hirtmoor und genialer Musiker, wie er dem schönen Instrument dort oben mit vollem geistigem und körperlichem Einsatz virtuos auch die letzte Feinheit entlocken wird.

Irgendwann gleiten Homers Gedanken weg.

An diesem klaren, doch kalten Samstag, am frühen Nachmittag, waren er und Biggi auf dem Uferweg der Au spazieren gegangen. Auf der Reiherhalbinsel blieben sie stehen. Sie schauten auf das ruhige fließende dunkle Wasser des Flusses. Nahe dem Ufer hatte sich zwischen dem Schilf eine dünne Eisschicht gebildet. Homer erzählte Biggi, dass er an schönen Tagen oft hier sitzt, liest und träumt. »Der Fluss ist wie ein Freund«, sagte er. »Ich höre ihm zu, und kann ihm alles sagen.« Und dort drüben, auf der Bank, dort war es gewesen, wo ihm Doktor Loderer Mut machte, dem Rätsel um den »Toten vom Schlossberg« nachzugehen.

Zuerst hörte es sich an wie ein leichtes Summen, noch nicht störend. Doch dann steigerte sich das Summen zu Motorengeräuschen, die die Stille zerschnitten. Und der Grund des Lärms wurde schnell sichtbar. Eine Reihe von Motorrädern brauste auf dem Uferweg, von der Stadt herkommend, auf die Halbinsel zu. Die ersten Maschinen waren bereits vorüber, als Homer zwei Personen auf einem Gefährt sah, das man Four-Reeler nennt. Hinter dem Fahrer saß eine kolossale Frau mit wehendem Umhang. Gundi! Homer war sprachlos erstaunt. Hatte sie ihm nicht gesagt, sie gehe kaum aus ihrem Haus?

Das letzte Motorrad verschwand im Grün des Ufers. Der Krach wurde wieder zu einem Summen und verstummte allmählich ganz. Homer sah Biggi an. »Das war Gundi.«

»Diese Fledermausfrau, auf dem komischen Ding?«

Nach dem überirdischen, melodischen Brausen der Orgel ist die Stille in der Kirche geradezu fühlbar. Homer findet aus seiner Reflexion zurück. Zart drückt er Biggis Hand. Sie lächelt, ohne ihn jedoch anzusehen. Homer will jetzt das Orgelkonzert bewusst genießen und sich nicht wieder in Träumereien verlieren.

Vom Erdboden verschluckt

Das Schaufenster ist der Rahmen zu einem in Grau gepinseltem Bild. Der trostlose Blick nach draußen passt gut zu Homers Stimmung. Sein Schnupfen ist nicht schlimmer, jedoch auch kaum besser geworden. Er schnieft vor sich hin, seine Nase ist rot und tut ihm weh, die Augen tränen immer wieder. Unverdrossen lutscht er Kandiszucker. Tapfer versucht er, nicht an seine geliebten Zigaretten, die ihm ohnehin im Moment nicht schmecken, zu denken. In der vergangenen Nacht hat er wieder von seinem Vater geträumt, wieder von der Reise nach Florenz, wieder eine andere Version. Warum kommen diese Träume gerade jetzt, fragt er sich. Hat das irgendeinen tieferen Sinn?

Er steht vor dem Computer und gibt Bestellungen an das Barsortiment ein. Vor seine Buchhandlung rollt ein dunkles Auto, alt und klapprig, und hält an. Ein bulliger Mann mit schwarzem Hut steigt aus, geht um das Gefährt herum, öffnet die Beifahrertür und hilft einer dicken, schwerfälligen Frau heraus.

Gundi!

Einige Augenblicke bleibt die mächtige Gestalt neben dem Auto stehen. Sie ist in einen weiten Wollumhang gehüllt, der einer Decke aus Großmutterszeiten gleicht, und trägt ein dunkles Tuch über den Haaren. Der Fahrer steigt wieder ein, startet und fährt davon. Langsam wendet sich Gundi um, kommt auf die Tür zu, das Glockenspiel ertönt und sie steht schweratmend in der Buchhandlung.

Vom Computer her sagt Homer: »Nanu, welche Überraschung an diesem tristen Morgen. Grüß dich Gott, Gundi.« Erst jetzt verlässt er den Ladentisch.

Gundi hält Homers Hand, sieht sich in Ruhe aufmerksam um.

»Guten Morgen, Albertus«, sagt sie, nachdem sie ihren Augenrundgang abgeschlossen hat. »Das hat Atmosphäre. Dein Laden gefällt mir.«

»Danke für die Blumen, Gundi. Wodurch verdiene ich die Freude, dich hier zu sehen?«

Sie legt ihm ihre warme Hand an die Wange, schüttelt leicht den Kopf. »Hat der Bub vergessen, was ihm Gundi versprochen hat?«

»Nein, Gundi, das hat der Bub nicht vergessen. Aber ich gestehe, ich habe nicht damit gerechnet, dass du kommst. Ich dachte, du wirst mich anrufen.«

»Da bestätigst sich wieder mal, dass man das Denken besser denen

mit den dicken Köpfen überlassen soll.« Dabei tätschelt sie seine Wange. »Du hast offenbar eines nicht in Betracht gezogen, Albertus, nämlich meine Neugier.«
»Jetzt bist du da und ich freue mich.«
Gundi schaut – mehr eine Andeutung als tatsächlich – über ihre Schulter. »Bevor uns Kundschaft in die Quere kommt«, sagt sie, »will ich meine Botschaft loswerden.«
»Du weißt wo Hubis Schwester steckt?«
»Scherzkeks du. Wäre ich sonst hier?«
Homer wendet sich zur Seite und niest kräftig.
»Zum Wohl, Albertus.«
»Danke.« Er zieht ein Papiertaschentuch aus seiner Brusttasche und schnäuzt sich, während seine Augen erwartungsvoll auf Gundi gerichtet sind.
»Du findest sie in Högenbach. Der Ort liegt in der Holledau. Sie und ihr Mann bewirtschaften einen Hopfenhof. Sie heißt jetzt Sigl. Karin Sigl.«
»Karin. So, so. Glaubst du, ihr Vorname ist mir einfach nicht mehr eingefallen.«
Homer hebt seine Hand und berührt leicht den Umhang irgendwo in der Gegend ihres Oberarmes. »Ich danke dir, Gundi. Du hast mir sehr geholfen.«
»Keine Ursache, Albertus, gern geschehen. So haben wir uns mal wieder gesehen. Vielleicht müssen ja nicht wieder Jahrzehnte ins Land gehen bis zum nächsten Mal.«
»Versprochen.«
»Fein.«
Ihre Augen wandern erneut durch den Raum.
»Wer war der Kavalier, der dich gebracht hat, Gundi?«
Sie sieht ihn an, in ihren Augen glitzert es.
»Auch Männer sind neugierig, Gundi«, sagt Homer und lacht leise.
»Das war Olli, ein Freund. Tatsächlich der einzige, der mir geblieben ist.«
»Mit dem du auf exotischem Feuerstuhl durch Mutter Natur braust?«
Gundi lächelt. »Sieh an, du hast mich also doch erkannt. Wer war die schöne blonde Frau? Deine Freundin, deine Frau?«
Homer beißt sich auf die Zunge, wiegt seinen Kopf hin und her.
»Aha, Albertus schweigt und genießt. Ich verstehe.«

In ihren Augen ist jetzt etwas, das er nicht erklären kann.
»Ist dir der Name Olli Fischer bekannt, Albertus?«
»Dein Freund? Nein, der Name sagt mir nichts.«
»Er ist Filmproduzent. Auf seinem speziellen Gebiet sogar ein bekannter.«
»Jetzt staune ich aber.«
»Romantische Filme mit Geschichten, die nicht an der Schlafzimmertüre enden.«
»Lauter Fragezeichen, Gundi.«
»Pornofilme, Albertus. Pornos mit einer glaubhaften Story. Ich bin seine Beraterin, da ich ja nicht mehr aktiv sein kann – leider.«
Warum erzählt sie mir das, fragt sich Homer. Will sie den Bub schockieren?
Gundi wirft den Umhang zur Seite, schaut auf ihre Armbanduhr.
»Ich muss jetzt wieder. Olli wird jeden Augenblick vorfahren.«
»Noch eine Sekunde, Gundi. Ich hab was für dich.«
Homer eilt nach hinten, verschwindet kurz in seiner Schatzkammer. Er kehrt mit einem großformatigen Buch zurück, das er Gundi mit angedeuteter Verbeugung überreicht.
»Was ist das, Albertus?«
»Es wird dir Spaß machen darin zu blättern, denke ich. Es ist ein antiquarischer Band über Puppen.«
Sie wirft einen kurzen Blick auf den Einband. Ein Leuchten erhellt ihr volles Gesicht.
»Ich weiß nicht, was ich dazu sagen soll? Mir fällt nur ein: Danke.«
Gundi beugt sich vor und küsst Homer auf die Stirn.

Mittags regnet es stärker. Der Wind lässt die Tropfen leise gegen das Küchenfenster trommeln. Gerade haben Homer und Biggi sich an den gedeckten Tisch gesetzt. Auf den Fingerspitzen wandert Homers Hand hinüber zu Biggi. Sie legt ihre Hand auf die seine und lächelt ihm zu. Da klingelt im Flur das Telefon. Homer zieht die Augenbrauen hoch. Ihre Hände trennen sich.
Homer nimmt den Hörer ab. »Albert Kreitmayer. Grüß Gott.«
»Lukas Falk. Grüß Gott, Herr Kreitmayer.«
»Na, du bist ja gut drauf, Lukas.«
»Irgendwie muss man diesem bescheidenen Wetter ja paroli bieten.«
»Wo du Recht hast ... Was gibt es, Lukas?«
»Ich habe beim Amtsgericht angerufen.«

»Und?«
»Die Firma ›Fly-Systems‹ wurde etwa zwei Monate nach dem Absturz aus dem Register gelöscht. Veranlasst hat die Löschung Rechtsanwalt Dr. Förster.«
»In wessen Auftrag, Lukas?«
»Selbstverständlich habe ich nachgehakt. Fehlanzeige. Sie konnten es mir nicht sagen.«
»Schade, wäre zu interessant gewesen.«
»Übrigens: Ich habe auch die ehemalige Anschrift.«
»Welche Anschrift?«
»Von ›Fly-Systems‹. Was ist los, mein Freund? Ist dein Kopf heute so träge?«
»Meine Erkältung, Lukas. Sie macht mir zu schaffen. Bin dann immer halb tot, besonders im Kopf. Also, ich hab's jetzt kapiert: Du hast die Adresse einer Firma, die seit zwölf Jahren nicht mehr existiert. Was versprichst du dir davon?«
»Ich meine, Homer, wir sollten mal hinfahren und uns umhören.«
»Bei wem, Lukas?«
»Oh, Homer, bitte! Zum Beispiel bei der Firma, die jetzt in dem Gebäude ist. Sollte der Versuch ein Schuss in den Ofen sein, werden wir es schnell merken, denke ich.«
»Okay, Lukas. Wann?«
»Am Nachmittag, wenn es bei dir geht?«

Mit Schrittgeschwindigkeit fährt Falk die Straße im Industriegebiet entlang. Er und Homer halten nach der Hausnummer Ausschau. Und das ist gar nicht so einfach. Der Regen, der seit Stunden wie unendliche Bindfäden aus dem dunkelgrauen Himmel fällt, ist inzwischen mit Schnee vermischt. Zudem versperren immer wieder auf dem Parkstreifen abgestellte Lastwagen die Sicht. So sind sie plötzlich eine Nummer zu weit. Falk lenkt sofort in die nächste Lücke. Vom Rücksitz nimmt er einen langen Schirm, steigt aus, spannt den Schirm auf und geht um seinen Wagen herum. Sobald Homer unter dem Schirm ist, startet Falk mit eiligen Schritten dem flachen Gebäude entgegen. Doch Homer ist langsam und hinkt stärker als gewohnt.
»Was ist, Homer?«
»Meine Erkältung macht sich jetzt auch in meinen Knochen bemerkbar. Mein Bein tut höllisch weh.«
»Geh zum Arzt.«

»Ach was. Das vergeht auch wieder. Ich kenn mich da aus.«

»Formenbau Glas«. In Neonbuchstaben steht der Firmenname über dem breiten eisernen Rolltor. Seitlich davon befindet sich eine Tür. Im Büro brennt Licht. Eine Frau mittleren Alters arbeitet an einem PC.

Falk pocht mit den Handknöchel gegen die Tür, wartet kurz, öffnet dann die Tür und sie treten in das Büro. Nachdem sie sich vorgestellt haben, nennt Homer den Grund ihres Besuches: »Vor ungefähr zehn Jahren befand sich die Firma ›Fly-Systems‹ in diesem Gebäude. Wir haben die Hoffnung, dass Sie etwas darüber wissen und uns einige Fragen beantworten können.«

»Tut mir Leid, da kann ich Ihnen nichts sagen. Ich bin erst seit zwei Jahren bei Glas. Aber vielleicht der Chef.«

Sie drückt auf die Taste der Gegensprechanlage. »Herr Glas, können Sie bitte ins Büro kommen?« Dann sagt sie zu den Besuchern: »Bitte nehmen Sie doch Platz.«

In einer Ecke, neben dem Fenster, stehen um einen runden Tisch vier einfache Stühle. Kaum sitzen Homer und Falk, als die Tür zur Werkstatt regelrecht aufgerissen wird und ein rundlicher Mann in blauem Arbeitsanzug und schmuddeliger Schirmmütze eintritt.

»Die Herren möchten mit Ihnen sprechen, Herr Glas«, erklärt die Sekretärin.

Mit einem Lächeln auf dem runden Gesicht wendet Glas sich um, wedelt mit den Handflächen, bedeutet so Homer und Falk, sie sollen sitzen bleiben. Ohne Umstände zieht er sich einen Stuhl heran und setzt sich.

Wieder bringt Homer sein Anliegen vor.

»Ich befürchte«, sagt Glas und schaut von einem zum anderen, »ich muss sie enttäuschen. Wer vor mir hier ... residierte«, er unterbricht sich, schlägt mit seiner kräftigen Hand krachend auf seinen Oberschenkel und lacht. »Gut gesagt, nicht wahr? Tscha, leider, weiß ich es nicht. Das Gebäude stand über ein Jahr leer, bevor ich den Makler glücklich machte. Das Jahr war ein starkes Argument bei den Preisverhandlungen – für mich.« Er grinst triumphierend.

»Schade«, sagt Homer. »Dann wollen wir sie nicht länger von der Arbeit abhalten, Herr Glas. Aber – fällt mir gerade ein – vielleicht können Sie uns doch weiterhelfen. Welcher von den näheren Nachbarn residierte ...«, Homer lächelt Glas an, »damals schon hier?«

Glas schüttet sich schier aus vor Lachen. Nachdem er sich wieder beruhigt hat, sagt er: »Jetzt bin ich froh, Ja sagen zu können. Bieber.

Heizungs- und Lüftungsbau. Direkt gegenüber. Vielleicht haben sie dort mehr Glück, meine Herren.«

Unter dem Schirm, beim Überqueren der Straße, meint Falk: »Eine richtige Frohnatur, dieser Glas.«

»Ein sympathischer Kerl«, sagt Homer. »Auch wenn er uns nichts sagen konnte. Jetzt bleibt uns nur zu hoffen, gleich einen ebenso aufgeschlossenen Gesprächspartner zu finden.«

Das Gebäude, auf das sie zugehen, gleicht dem von Glas bis auf das beleuchtete quadratische Firmenschild wie ein Ei dem anderen. Auch hier ist Licht im Büro. Eine hübsche Frau, so um die Dreißig, lehnt bequem in ihrem Stuhl am Schreibtisch. Schräg vor ihr auf der Schreibtischkante sitzt in blauen Latzhosen und buntkariertem Hemd ein sportlich wirkender Mann.

Kurz darauf repetiert Homer in leicht abgewandelter Form zum dritten Mal seinen Spruch.

Beide, die Frau und der Mann, nicken dazu, was Homer als gutes Zeichen registriert.

»Nach dem tragischen Tod von Herrn Haller wurde die Firma aufgelöst«, sagt die Frau.

»So kannst du das nicht sagen, Gisela«, erhebt der Mann, der nach wie vor auf der Schreibtischkante sitzt, Einspruch.

»Wie darf ich das verstehen?«, fragt Homer nach.

»Erinnerst du dich an Ramsauer?« Der Mann sieht die Kollegin an.

»Du hast Recht, Sepp.« Sie wendet sich Homer zu. »Ein Mitarbeiter, Lothar Ramsauer, hat den Produktbereich Modellsteuerungen übernommen.«

»Ach!?« Homer ist erstaunt. »Ich dachte ›Fly-Systems‹ hatte sich auf Flugzeugsteuerungen spezialisiert?«

»Das ist schon richtig«, sagt der Mann. »›Fly-Systems‹ stellte Spezialkomponenten für Flugzeug- und Bootssteuerungen her. Das geniale an den Entwicklungen von Herrn Haller war, dass die Module, die in jeden Flugzeug- oder Bootstyp, außer vielleicht den wirklich großen – aber das weiß ich nicht – eingebaut werden konnten, zum Teil auch als Miniaturausführung für Modelle hergestellt wurden. Ich hatte da gute Kontakte, vor allem zu Ramsauer, da ich Schiffsmodelle bastle.«

»Interessant«, sagt Homer. »Der Bereich Modelle wurde also weitergeführt.«

»Ja, wie ich schon sagte: von Ramsauer. Die Firma heißt ›Fly-Controll‹.«

»Die Firma ist aber nicht in Firstau? Der Name sagt mir gar nichts.«

»Sie ist in Dießen.«

»Dießen am Ammersee?«

Der Mann bestätigt das mit einem Kopfnicken. »Seit damals ist es für mich natürlich zeitaufwändiger an meine Module zu kommen. Früher bin halt nur über die Straße.« Er zieht die Schultern hoch.

»Was ist aus dem anderen Teil der Firma geworden?«

Der Mann wirft der Frau einen kurzen fragenden Blick zu.

»Darüber wissen wir nichts«, antwortet er dann.

»Warum hat Hallers Partner die Firma nicht weitergeführt?«, fragt Homer weiter.

Der Mann macht große Augen. »Reger? Den hat seit dem Tag des Unglücks hier niemand mehr gesehen. Nicht wahr, Gisela? Der ist regelrecht abgetaucht.«

»Das verstehe ich nicht«, sagt Homer.

Die Frau ruckt aus ihrer bequemen Haltung hoch, sitzt kerzengerade am Schreibtisch, die Hände übereinander gelegt.

»Reger war eine sehr undurchsichtige Type, wissen Sie. Es gab eine zeitlang über ihn unschöne Gerüchte.«

»Welche Gerüchte?« Homers Interesse ist regelrecht zu sehen.

Der Mann gibt Auskunft. »Es wurde von Schulden gemunkelt. Von hohen Schulden. Aber, wie es bei Gerüchten oft ist, nichts wirklich Greifbares. Nach einer Weile schlief das Gerede wieder von selbst ein. Vielleicht auch aus Mangel an neuer Nahrung.«

»Ich hab mal eine Visitenkarte von Reger gesehen«, meldet sich die Frau zu Wort. »Wissen Sie, was vor seinem Namen stand?« Kleine Pause. »Dr. h.c.«

Der Mann lacht laut. »Wenn dieser Typ einen Ehrendoktor hat, dann habe ich ein Schloss in Frankreich!«

»Irgendwie passte es zu Reger«, sagt die Frau. »Wissen Sie, er war ein Typ von der Sorte, der nicht nur kommt, sondern erscheint. Gegenüber Reger, meine ich, wirkte Herr Haller eher langweilig. Reger hatte was, wenn Sie verstehen, was ich meine.«

Wieder lacht der Mann. »Du lässt dich eben leicht beeindrucken, Gisela. Herr Haller war ein Genie, Reger nur ein Arschloch.«

Homer sitzt im Sessel und spielt Flöte. Mit untergezogenen Beinen lehnt Biggi in einer Ecke des Sofas und hört ihm mit verträumten Augen zu.

Dicke Schneeflocken segeln aus dem Dunkel des Abends gegen das Fenster. Auf einem Metallständer brennen ruhig drei Kerzen.

Ihre Unterhaltung gestaltet sich als Gedankenaustausch mit Musik. Homer hält dann seine silberne Flöte zwischen den Knien, nutzt die Gelegenheit zum Naseputzen, hört Biggi zu oder spricht selber.
»Wer pflegt das Grab, Biggi?« So hat Homer begonnen.
»Seine Schwester vermutlich«, sagt Biggi.
»Oder vielleicht der Friedhofsgärtner«, schlägt sie eine Weile später vor.
Nach einem musikalischen Intermezzo nimmt Homer den Faden wieder auf.
»Der Friedhofsgärtner? Dann muss er einen Auftrag haben. Und es muss ihn jemand bezahlen. Wer?«
Homer spielt eine Komposition Friedrichs des Großen aus dem Gedächtnis.
»Du solltest ihn fragen.«
»Wen, Biggi?«
»Albert!« Biggi lächelt. »Den Friedhofsgärtner.«
»Das ist eine gute Idee, Biggi.«
Homer verliert sich in einer Improvisation. Dann sagt er: »Was mir am Nachmittag bei dem Gespräch auffiel ist, dass sie immer ›Herr Haller‹ sagten und sonst Reger oder Ramsauer. Eine an sich belanglose Sache, aber doch auch bezeichnend, meinst du nicht?«
»Was sagte der Mann, Albert? Haller war ein Genie, Reger ein Arschloch«, erinnert Biggi.
Homer grinst, setzt die Flöte an die Lippen und spielt.
»Jedesmal wenn der Name Reger fällt, durchzuckt es mich. Zuerst war es ein dunkles Unbehagen, ein diffuser Gedanke, der sich allmählich festsetzte. Dann verdichtete er sich zu einer Hypothese, die mich ehrlich erschreckt. Fast habe ich Scheu, sie vor mir selbst zu formulieren, geschweige denn sie auszusprechen, Biggi.«
»Willst du mir deine Hypothese darlegen, Albert? Oder soll ich dir helfen?«
Homer schaukelt seine Flöte in der Hand und sieht Biggi nachdenklich an. »Du kannst dir vorstellen, was mir durch den Kopf geht, liebe Biggi?«
Sie nickt. »Wir haben Hubi auf Korfu gesehen. Also lebt er. Dagegen von Reger keine Spur. Er scheint wie vom Erdboden verschluckt.«
Ein leises Lächeln umspielt Homers Lippen. »Und das im wahrsten Sinne des Wortes, Biggi.«
Homer spielt wieder, jetzt ein fetziges Jazzstück.

»Bisher fehlen die Belege für meine Hypothese. Noch ist es nicht mehr als eine fixe Idee.«

Er legt die Flöte auf den Tisch, geht zum Sofa, legt sich lang und bettet seinen Kopf in Biggis Schoß. Sie streicht ihm über die Haare.

»*Unser Wissen ist nichts, wir hören alleine die Kunde*«, murmelt Homer mit geschlossenen Augen.

Der Gärtner und der Fotograf

Gegenüber dem Haupteingang des Waldfriedhofes liegt das Gelände der Friedhofsgärtnerei. Es ist von einer niedrigen gepflegten Hecke, unmittelbar dahinter ein höherer Drahtzaun, eingegrenzt. Das Ende der gepflasterten Auffahrt bildet ein rechteckiger Glasbau mit hellem Holzdach. Seitlich davon, etwas versetzt, steht ein weißer Bungalow.

Homer und Loderer betreten das Glashaus. Aus dem üppig blühenden Hintergrund löst sich ein junger Mann in grüner Schürze und kommt auf sie zu.

»Mein Name ist Kreitmayer«, stellt sich Homer vor. »Ich habe mit Herrn Held telefoniert. Wir sind verabredet.«

»Ah, ja. Herr Held hat mir Bescheid gesagt.« Dann weist der Mann mit ausgestrecktem Arm zur Seite. »Dort kommt Herr Held.«

Der Friedhofsgärtner ist ein mittelgroßer, stämmiger Mann. Auch er trägt eine grüne Schürze. Unter der dunkelbraunen Baskenmütze quellen dichte graue Haare hervor.

Held reicht den Besuchern die Hand. »Wir kennen uns vom Sehen, nicht wahr?«, sagt er.

Homer und Loderer nicken zustimmend.

»Sie sagten am Telefon, Sie möchten mich etwas fragen, Herr Kreitmayer. Um was geht es?«

»Die Sache ist etwas heikel, Herr Held.«

»Versuchen Sie es einfach«, schlägt Held aufmunternd vor.

»Danke, Herr Held. Die entscheidende Frage ist: Sind Sie mit der Pflege des Grabes von Franka und Hubert Haller beauftragt?«

Held antwortet nicht sofort. Zögert er? »Ja, das bin ich«, bestätigt er dann doch.

»Fein, damit wäre die erste Hürde genommen«, sagt Loderer. Mit seinen blauen Augen strahlt er den Gärtner an. »Würden Sie uns auch verraten, wer Ihnen den Auftrag erteilt hat?«

Jetzt zaudert Held doch deutlich. Sowohl Homer als auch Loderer sehen ihn gespannt an. Der Gärtner knabbert an seiner Unterlippe. »Wüsste ich nicht, wer Sie beide sind, würde ich eine Antwort gar nicht in Erwägung ziehen.«

»Ich war ...«, setzt Homer zu seiner Erklärung an.

Mit erhobenen Händen wehrt Held ab, schüttelt den Kopf. »Wir pflegen das Grab im Auftrag von Rechtsanwalt Dr. Förster. An seine

Kanzlei geht auch die Jahresrechnung.« Kleine Pause. »Bitte, meine Herren, behandeln Sie meine Auskunft sehr diskret.«

»Aber natürlich, Herr Held,« verspricht Homer.

»Ich kann mich doch auf Sie verlassen?«

»Selbstverständlich«, bestätigt auch Loderer.

Homer reicht dem Gärtner seine Hand. »Wir danken Ihnen sehr.« Auf dem Weg zur Tür begleitet sie der nachdenkliche Blick des Gärtners.

Auf dem Friedhofsvorplatz bleibt Homer stehen und schnäuzt sich ausgiebig.

Loderer lächelt Homer an. »Was ich vorhin schon sagen wollte: Ihr Schnupfen scheint sich zu bessern, nicht wahr?«

»Ja. Heute Morgen hat mir sogar die Zigarette wieder geschmeckt, das sicherste Zeichen, dass es aufwärts geht.«

Eine Strecke weit gehen sie die Straße hinunter. Dann biegen sie in einen Weg ein, der durch eine Kleingartenanlage führt. Hinter dem Baywa-Lagerhaus kommen sie über die Schienen der Lokalbahn. Sie durchqueren den kleinen Leitenpark mit dem Kriegerdenkmal. Dahinter liegt die Leiten-Siedlung am Rande des Stadtteils Jetzenhof. Gleich beim zweiten der mit der Stirnseite zur Straße stehenden einfallslosen Wohnblocks nehmen sie den Plattenweg zu den Eingängen. Nicht nur der erste Blick zeigt, der Zustand der Häuser ist nur knapp vom Status der Verwahrlosung entfernt.

Neben den Klingelknöpfen am letzten Eingang finden sie den Namen Reger ganz unten. Homer drückt den Knopf. Es dauert eine gewisse Zeit – ungeduldig will Homer schon ein zweites Mal läuten – bis der Summer ertönt. Noch sind sie auf der kurzen Treppe zum Parterre, da öffnet sich rechts eine Wohnungstür. Es erscheint eine rote Baseballmütze, darunter ein blasses faltenreiches Gesicht auf einem mageren Körper. Der Mann trägt eine rote Baseballjacke, ein Jeanshemd und verwaschene Jeans. Seine engstehenden dunklen Augen springen zwischen Loderer und Homer hin und her. Auf dem arg ausgetretenen Türvorleger stehend streckt er spontan Loderer seine Hand hin. »Ich rate einfach mal: Sie sind Doktor Loderer!« Seine Stimme klingt angenehm dunkel und passt eigentlich so gar nicht zu diesem Pflaumenmännchen.

»Sie haben richtig geraten, Herr Reger.« Kurz drückt Loderer die kühle Hand. »Das ist Herr Kreitmayer«, stellt er vor.

Die dunklen Augen lächeln Homer an. Das Gesicht bleibt dabei seltsam leblos.

Reger, der beim Gehen den ganzen Fuß abrollt, was ausschaut, als hüpfe er, führt sie durch den finsteren Flur zum Wohnzimmer. Dort ist es nicht gerade unordentlich oder gar schmutzig, der Raum hat eher etwas von unbestimmter Nachlässigkeit.

Erst nachdem sie sitzen fragt Reger, ob er etwas zu trinken anbieten darf. Dass beide Besucher dankend ablehnen, scheint ihn keineswegs zu stören. Betont lässig lehnt Reger sich zurück, schlägt die Beine übereinander, legt seine Hände auf die Sessellehne. Doch seine Augen stellen lautlos die entscheidende Frage. Nach einem schnellen Seitenblick zu Loderer sagt Homer: »Wir folgen den Spuren von Hubert Haller. Und Ihr Sohn Günter, Herr Reger, arbeitete ja mit Haller eng zusammen.«

Reger wirft den Kopf zurück und lacht aus vollem Hals, als hätte Homer einen tollen Jux gemacht.

Homer und Loderer sehen sich an. Was gibt es da zu lachen? Reger beruhigt sich ebenso unvermittelt, wie er zu lachen begonnen hat.

»Das ist echt drollig, Herr Kreitmayer. Günter arbeitete mit Haller zusammen. Ohne Günter, seine Marketingideen, seine Eloquenz, wäre dieser spinnerte Ingenieur ganz schön aufgeschmissen gewesen.« In seiner Stimme schwingt der Stolz auf den Sohn mit.

»Warum hat Günter dann damals die Firma nicht weitergeführt? Er war doch immerhin Geschäftsführer«, hakt Homer nach.

Reger rutscht auf seinem Sessel einige Male hin und her. Verlegenheit oder Nervosität?

»Er fürchtete Untersuchungen«, kommt es recht kleinlaut. »So stand es jedenfalls in einem Brief von ihm.«

»Untersuchungen? Worüber? Können Sie uns da mehr sagen?«

»Es ging um den Verdacht, Günter hätte Firmengelder unterschlagen. Das lag schon eine Weile in der Luft, bevor das Unglück geschah. Ich muss Ihnen sagen, ich glaube das bis heute nicht. Allerdings machte Günter hier und da kryptische Bemerkungen, aus denen man schließen könnte, es sei was dran an den Gerüchten.«

»Konkretes wissen Sie nicht?«

»Nein.« Mit geschlossenen Augen wiegt er den Kopf hin und her. Dann sieht er Homer an. »Günter war ein hochintelligenter Bursche. Nie hätte er was so Plumpes getan, wie in die Firmenkasse zu greifen. Gut, er liebte die Leichtigkeit des Seins, nahm selten etwas wirklich ernst. Da hat er einfach etwas zu viel von meiner Seite mitbekommen.« Seine Augen blicken schelmisch. Amüsiert sich der Mann so unverhohlen? »Tscha, was will man da machen? Auch ich konnte mein Leben lang kein Geld in meiner Tasche warm werden lassen. Klimperte Geld im Kasten, sprang es auch gleich wieder heraus. Wäre meine Frau – eine gute Frau – nicht gewesen, hätte ich noch öfter als es ohnehin passierte, aus dem letzten Loch gepfiffen.« Sein Gesicht gleicht einem grinsenden Faun. Was er da von sich gibt, scheint ihm nicht im Geringsten peinlich zu sein.

»Es war nie langweilig in meinem Leben. Sollte ich irgendwann über den Jordan gehen, so kann ich beruhigt resümieren, es gibt nicht viel, das ich verpasst habe. Und doch – die wilden Jahre hatten auch ihren Preis. Ich bin krank, schon seit etlichen Jahren. Ich bin in Frührente. Aber nicht, dass Sie auf die Idee kommen, ich bereue irgendetwas.«

Während Homer überlegt, was diese Beichte überhaupt soll, entdeckt er auf Loderers Gesicht offenen Zorn. Homer ist erstaunt, denn zornig hat er den Doktor noch nie erlebt.

»Herr Reger, so schlecht scheint es Ihnen nicht zu gehen«, sagt Loderer sichtlich beherrscht. »Ist Ihre Frau nicht ein Pflegefall? Der Preis, den sie für Ihre wilden Jahre zahlen muss, ist doch wohl erheblich höher als der Ihre.«

Reger zeigt sich von Loderers Worten keineswegs beeindruckt. Seine Äuglein blitzen. »Ach ja, meine arme Lisa. Sie hat das Schicksal arg gebeutelt. Zum Glück lebt sie jetzt in einer anderen Welt. Von den Verrücktheiten unserer Zeit bekommt sie nichts mehr mit. Kann man das nicht auch als Gnade sehen? Was meinen Sie?«

Ist das sein Ernst, fragt sich Homer. Oder verarscht uns dieser Mann?

»Was sind Sie kaltschnäuzig«, sagt Loderer streng.

»Sie haben ja so Recht, Herr Doktor. Ich kann eben nichts verteufelt ernst nehmen. Von Natur aus bin ich unverbesserlicher Optimist. Ich denke mal, wäre das nicht so, läge ich vermutlich längst ausgezählt auf den Brettern.«

Homer bemerkt, dass Loderer zu einer Entgegnung ansetzt und kommt ihm zuvor. »Was haben Sie eigentlich beruflich gemacht, Herr Reger?«

»Ich war Presse- und Werbefotograf«, antwortete Reger, offenbar froh, diesem kleinen Inquisitor aus der Schusslinie zu entwischen. »Heute noch bekomme ich Aufträge. Als Fotograf war ich nämlich wirklich gut, manche sagen sogar, ich sei ein klasse Fotograf. Jetzt lichte ich zumeist Familienfeste ab. Da springt gute Kohle raus.« Er zwinkert Homer zu. »Sie verstehen? Steuerfrei und so. Zum einen bessert das die schmale Rente auf, zum anderen lässt mich die Kohle, in Maßen, noch ein wenig Spaß haben.«

Loderer zeigt eine finstere Miene, sagt aber nichts.

Homer steuert zurück ins ursprüngliche Fahrwasser. »Ich habe gehört, dass Günter Schulden hatte. Wissen Sie davon?«

Reger lächelt. »Schulden? Ja, die hatte der Junior. Und zwar bis über die Ohren. Doch ich frage Sie, was ist daran ehrenrührig? Wie lange ist es denn her, Herr Kreitmayer, als hohe Offiziere quasi von ihren Schulden lebten. Und doch waren sie Ehrenmänner.«

»So sehen Sie das?« Der Mann ist wirklich erstaunlich, denkt Homer.

»Gewiss, so sehe ich das.«

»Wo kamen diese Schulden her, Herr Reger?«, fragt Homer.

»Günter liebte das Fieber der Spannung. Er war leidenschaftlicher Spieler. Ich hoffe für ihn, er hat auch heute noch seinen Spaß.« Ganz kurz schließt er die Augen. »Und es war doch so: Gerade weil Günter das Risiko nicht scheute, war er auch als Geschäftsmann erfolgreich. Der Nervenkitzel in der Firma war über bestimmte Grenzen hinaus nicht weiter auszureizen. So hat er sich andere – wie soll ich sagen? – Spielfelder gesucht. Zum Beispiel war er sehr gerne auf der Trabrennbahn, hat dort sein Glück herausgefordert. Hin und wieder besuchte er Spielkasinos. Und er war ein Pokerspieler, ein mit allen Wassern gewaschener.«

»Mit seinem Glück kann es nicht weit her gewesen sein, wenn sich die Schulden türmten, oder?«, relativiert Homer.

»Wie gesagt, Günter liebte vor allem das Risiko. Glück nahm er ebenso gelassen hin wie eine Pechsträhne.«

»Sie haben nie auf Ihren Sohn eingewirkt, um ihn von diesem Weg abzubringen?«, schaltet sich Loderer wieder ein.

»Sollte ich das? Günter hatte etwas von einem Abenteurer. Das imponierte mir. Außerdem war er doch alt genug, um selbst zu wissen, was er tut.«

Abrupt stemmt sich Reger aus dem Sessel. »Ich muss jetzt was zum Trinken haben. Hab so viel geredet.«

Nachdem Reger das Zimmer verlassen hat, sehen sich Homer und Loderer an.

Homer sagt: »*Denn die Zunge der Menschen ist wendig mit vielfachen Reden und einer reichen Weide der Worte nach hierhin und dorthin.*«

Vom Flur her hören sie die Türglocke. Wenig später streckt Reger den Kopf ins Zimmer. »Die Frau von der Caritas ist da«, sagt er.

In der Holledau

Zarte, lang gezogene weißgraue Nebelstreifen ziehen immer wieder schwerelos über die flachen Hügel der Holledau. Nur noch die nackten Stangen auf den braunen Feldern, auf denen hier und da in Mulden wie Puderzucker Schnee liegt, erinnern daran, dass sich die Straße durch das Hopfenland schlängelt. Hinter einer der Kuppen neigt sich die Straße wieder einmal abwärts. In einem weiten Tal liegt ein kleiner Ort. Minuten später passiert das Auto das gelbe Ortsschild. Falk am Steuer und Homer neben ihm haben Högenbach erreicht. Langsam fährt Falk die Hauptstraße entlang. Beide halten Ausschau nach der von ihnen gesuchten Hausnummer. Sie kommen an der Kirche vorrüber, die etwas erhöht seitlich der Straße steht. Dann, nur eine kurze Strecke nach einer leichten Rechtskurve, ruft Homer: »Halt, Lukas!«

Sie sind an dem Hof beinahe vorüber. Falk hält an, stößt zurück und parkt am Rand des Hofes.

Das große Wohnhaus mit den braunen Fensterläden steht mit der Stirnseite zur Straße. Die Breitseite sieht auf einen weitläufigen Hof, mit einer neueren höheren und einer älteren niedrigeren Scheune. Zur Straße hin ist der Hof offen. Seitlich steht ein Traktor mit Anhänger. In der Mitte des Hofes erhebt sich ein bunt bemaltes Taubenhaus auf einem dicken grün gestrichenen Holzpfahl. Alles hier ist gut in Schuss.

Falk bleibt bei seinem Wagen stehen. Homer geht auf das Wohnhaus zu, über zwei Stufen zur Haustür. Nachdem er keine Klingel findet, klopft er an die Tür. Als sich nichts rührt, klopft er noch einmal, diesmal kräftiger, jedoch wieder ohne Erfolg. Er fühlt eine gewisse Scheu, einfach zu versuchen, ob die Tür offen ist. Aus der Hosentasche zieht er ein Taschentuch, dreht sich um, schaut über den Hof, und putzt sich in Ruhe die Nase. Keine Menschenseele ist zu sehen, und doch hat er das Gefühl, dass unsichtbare Augen ihn beobachten. Er steigt die Stufen hinunter und spaziert langsam am Haus entlang auf die schmale Lücke zwischen Wohnhaus und der Scheune zu. Von dort aus sieht er in einen Garten. Weiter hinten stehen Obstbäume, danach zieht sich eine Wiese den Hang hinauf. Auch hier hält er vergeblich Ausschau.

So wendet er sich um und geht zurück. Plötzlich stehen ihm drei finster blickende Männer gegenüber. Einer von ihnen hält einen leise knurrenden Schäferhund an der Leine.

Die können doch wohl nichts von mir wollen, denkt Homer, und macht Anstalten, ganz locker auf sie zuzugehen. Eine unvermittelt einsetzende wüste Beschimpfung durch zwei der Männer stoppt ihn. Er ist verdutzt, weiß gar nicht, was ihm da geschieht. Das kann nur ein Missverständnis sein, das sich gewiss schnell, mit einigen Worten aufklären lässt. Er hebt seine Hände, will etwas sagen. Doch das macht die Männer offenbar noch wütender. Einer, noch dazu der Kräftigste, für den Homer ein Zwerg sein muss, stürzt auf ihn zu, packt ihn roh am Kragen, dreht ihn leicht wie eine Puppe herum und wirft ihn regelrecht, als sei er ein Sack Kartoffeln, seinem Kumpanen zu. Der fängt ihn derb auf und schickt ihn wie eine verweigerte Sendung robust an den Absender zurück.

Spätestens jetzt ist Homer klar, dass das kein Spaß ist. Bevor er es mit der Angst bekommt, sieht er Lukas über den Hof rennen. Während Homer von dem großen Kerl festgehalten wird, wenden sich die beiden anderen Lukas zu. Der, im hellen Kammgarnmantel und mit lässig umgehängtem weißen Schal, wird mit einer Schimpfkanonade empfangen. Verwundert steht er da. Aus der Fülle wütender Beschimpfungen kann Homer zwei Worte herausfiltern, die mehrfach vorkommen: Feiner Pinkel. Obwohl Homer den festen Griff unangenehm spürt, kann er ein schwaches Lächeln nicht unterdrücken. Und schon langen die kräftigen Fäuste nach Lukas. Als der mit erhobener Stimme versucht, gegen das Geschrei und das Bellen des Hundes zu protestieren, steigert sich noch einmal die Aggressivität. Unverhohlen wird ihnen jetzt Prügel angedroht. Mit hochroten Köpfen sind die Männer knapp davor zuzuschlagen.

Aus den Augenwinkeln heraus sieht Homer eine Frau aus dem Haus kommen und auf sie zueilen. Bei Homer löst sich ein Seufzer der Erleichterung. Er hat die Frau sofort erkannt.

»Karin, was soll das hier?«, schreit Homer ihr entgegen.

Die Frau stutzt, was ihre Eile hemmt.

»Sag den Typen, sie sollen uns sofort loslassen«, brüllt Homer.

Die Griffe werden zu Eisenklammern.

Die Frau tritt heran. Mit zusammengekniffenen Augen betrachtet sie Homer.

»Wer sind Sie?«, will sie wissen.

»Ich bin Albert Kreitmayer und war mit deinem Bruder Hubi in einer Klasse.«

Immer noch misstrauisch schaut sie ihn an, eine kleine Ewigkeit lang, bevor sich ihr Gesicht dann entspannt.

«Dich hab ich gleich wieder erkannt, Karin«, sagt Homer.
Sie ist schlank, rothaarig, sieht auch heute noch ihrem Bruder verdammt ähnlich, denkt er.
Sie sagt: »Nannten sie dich nicht Albertus?«
Homer nickt bekräftigend. »Puh! Können wir jetzt nicht wie zivilisierte Menschen miteinander reden?«
Karin lächelt und hat plötzlich zwei zauberhafte Grübchen.
»Lasst sie los«, sagt sie zu den Männern. »Es sind die Falschen – leider.«
Die Männer scheinen da nicht so sicher zu sein. Unentschlossen springen ihre Blicke zwischen den Gefangenen und der Frau hin und her.
»Woher willst du das wissen, Karin?«, brummt der Mann mit dem Hund.
»Ich kenne einen von ihnen.« Mit einer Kopfbewegung weist sie auf Homer. »Das Auto, mit dem sie gekommen sind, hat ein Firstauer Kennzeichen. Und sie parken dort vorne am Haus. Reicht das aus, um sie zumindest loszulassen?«
»Du weißt, Karin, wie skrupellos und unverschämt die Kerle sind«, gibt der Mann hinter Homer zu bedenken, lockert aber dennoch seinen Griff.
»Kommt, lasst sie los«, sagt Karin in freundlichem Ton.
Wenig überzeugt folgen ihr die Männer, bleiben jedoch nahe genug, um sofort wieder zupacken zu können.
»Sag mal Karin.« Homer reibt sich die Oberarme. »Sind diese Empfangskomitees hier bei euch üblich?«
Karin schmunzelt. »Nein, üblich ist das nicht.« Sie wird wieder ernst. »Wir haben unsere guten Gründe dafür, Albertus. Ich darf doch Albertus sagen?«
»Das hast du doch früher auch getan, Karin.«
Dann wendet sich Karin Lukas zu und entschuldigt sich.
Inzwischen haben sich die Gemüter der Männer abgekühlt. Einer reicht eine Schachtel Zigaretten herum.
»Vielleicht erinnerst du dich, Karin«, sagt Homer. »Ich war schon als Junge ausgesprochen neugierig.« Er lächelt in die Runde, um nicht neue Spannungen aufkommen zu lassen. »Was sind das für gute Gründe, die zu Handgreiflichkeiten führen?«
»Spekulanten, Albertus. Eine ganz radikale Blase.«
»Spekulanten? Es geht um Land?«
»Nein. Lass es dir knapp sagen: Seit einigen Jahren sind die Ame-

rikaner scharf auf Holledauer Hopfen. Und sie zahlen Höchstpreise. Hier kommen diese Spekulanten ins Spiel. Sie versuchen uns die Verträge abzupressen, bieten dafür miese Konditionen, um selbst das dicke Geschäft zu machen.«

»Hört sich nach einem starken Stück an. Wie geht das Ganze in der Realität vor sich?«

»Diese Mafia ist wahrlich nicht wählerisch in ihren Mitteln. Zuerst versuchten sie es bei denen, die hohe Schulden haben, und hatten sogar hier und da Erfolg. Wer ihr Spiel nicht mitspielen wollte, dem drohten sie mit Sanktionen und ließen auch Taten folgen. Ein Hof bekam Besuch von einem Rollkommando. Auf einem anderen Hof wurde Feuer gelegt.«

»Tatsache?«, fragt Homer staunend nach.

»Leider Gottes, Albertus.«

»Jetzt verstehe ich.« Homer grinst süßsauer. »Da kommen wir daher, es schaut so aus, als schnüffle ich herum. Und bums, schon hat mich euere Bürgerwehr am Kragen.«

Karin winkt ab. »Wir versuchen auf unsere Weise dieses Problem in den Griff zu kriegen. Doch jetzt zu dir: Was führt dich nach Högenbach?«

»Hubi.«

»Hubi ist tot, Albertus. Seit langem.«

»Das weiß ich, Karin. Wir hatten erst neulich ein Klassentreffen.« Er zögert einen winzigen Moment. »Tscha, und da kamen wir auf diejenigen zu sprechen, die nicht mehr unter uns sind. Na ja, ich bin eben sehr neugierig.« Homer ist gespannt, wie ihm Karin das abkaufen wird. Doch offenbar lässt sie es gut sein und bohrt nicht nach.

»Und was willst du von mir?«

»Ich habe einige Fragen, auf die ich zu gerne Antworten hätte.«

»Ich höre, Albertus.«

»Das Grab wird vom Friedhofsgärtner gepflegt. Und …?«

»… du fragst dich, warum das nicht seine Schwester macht? Selbstverständlich hätte ich es gemacht, obwohl Firstau für mich nicht gerade um die Ecke liegt und der Hof und meine Mutter mir nicht viel Zeit lassen. Aber mir wurde gesagt, alles sei in die Wege geleitet.«

»Wer sagte das?«

»Doktor Förster, Hubis Anwalt. Gut, hab ich mir gedacht, ist mir auch recht. Einmal, zweimal im Jahr fahre ich hin.«

»Du hast deine Mutter erwähnt, Karin. Meinst du, ich könnte mit ihr sprechen?«

Karin schüttelt den Kopf. »Nein, Albertus, Mutter ist krank. Sie würde gar nicht verstehen, was du von ihr willst. Mutter hat Alzheimer.«

»Das tut mir aufrichtig Leid, Karin. Jetzt wage ich es kaum, dich nach deinem Vater zu fragen.«

»Vater ist tot. Als Hubi abstürzte, Vater ein gutes Jahr später plötzlich starb, war das der Beginn von Mutters langsamem Sterben.«

Homer ist ehrlich betroffen.

»Was soll ich jetzt sagen, Karin?«

»Frag einfach weiter«, sagt sie schroff.

»Hast du Verbindung zur Familie von Hubis Frau?«

»Nein. Nie gehabt.«

»Was weißt du von Hubis Partner?«

»Günter? Dieser Spitzbube war höchst flexibel, besonders und vor allem moralisch. Ich konnte ihn nie leiden. Noch heute ist mir schleierhaft, was Hubi an ihm fand. Irgendwie war ein Teil von Hubi völlig arglos. Günter hatte gewiss mehr als einen guten Grund, sich aus dem Staub zu machen.«

»Er soll Schulden gehabt und in die Firmenkasse gegriffen haben.«

»Davon weiß ich nichts. Werde mich allerdings hüten, Günter spontan in Schutz zu nehmen.«

»Was sagst du, wenn ich dir sage, Günter hätte einen Ehrendoktor gehabt?«

»Woher soll er den haben? Hat er ihn gekauft? Oder hat er es einfach behauptet? Wer prüft so etwas schon nach? Günter war ein Blender mit starkem Hang zur Hochstapelei. Schon als Junge. Ich könnte dir manche Geschichte erzählen aus der Zeit, als wir so zwischen zwölf und fünfzehn waren.«

»Ich höre dir gerne zu, Karin«, lacht Homer.

Karin zieht einen schiefen Mund.

»Eigentlich fehlt mir dazu die Zeit, Albertus.«

Homer nickt ihr aufmunternd zu.

»Günter spielte mit viel Begeisterung Fußball. Eines Tages zeigte er einen Brief herum, in dem er zu einem Lehrgang der Schülernationalmanschaft eingeladen wurde. Ich bin mir sicher, er hat den Brief auf der Schreibmaschine seines Vaters selbst geschrieben. Und irgendwann präsentierte er unter dem Siegel der Verschwiegenheit eine Beatles-Single mit den Autogrammen der Pilzköpfe. Ich könnte wetten, die Namen hat er selbst auf die Hülle gemalt.« Karin sieht

Homer an. »Erkennst du an den beiden kleinen Beispielen nicht Günter, wie er leibt und lebt, Albertus?«

Homer nickt nachdenklich. »Kannst du dir vorstellen, wo er abgeblieben ist?«

»Hoffentlich ist der Kerl dort, wo der Pfeffer wächst, oder weiß Gott wo.«

»Du, Karin«, sagt Homer. »Da fällt mir noch was ein. Hast du Fotos von Hubi und vielleicht auch von Günter?«

»Ja, ich glaube, ich habe auch ein paar von Günter.« Ihre Stirn legt sich in Falten. »Aber wo? Ich vermute, sie sind in einer alten Truhe auf dem Dachboden. Wenn ich sie finde, schicke ich sie dir. Gib mir deine Adresse.«

Homer fischt aus einer Innentasche seiner Jacke eine Visitenkarte und reicht sie Karin. »Ich danke dir.«

»Entschuldige noch mal, Albertus, wegen vorhin.«

»Schon vergessen«, sagt Homer leicht hin.

Die Männer haben sich längst unsichtbar gemacht.

Einige Minuten später, Högenbach liegt bereits hinter ihnen, sagt Homer: »Rechtsanwalt Förster. Ich denke, es wird Zeit, dass ich mal in seiner Kanzlei erscheine.«

»Versprich dir nicht zu viel davon, Homer«, sagt Falk. »Viel wird er dir nicht sagen.«

»Es kommt auf den Versuch an«, meint Homer optimistisch.

Der Rechtsanwalt

Mit übereinander geschlagenen Beinen sitzt Homer auf der Kante der Ledercouch im Vorraum der Kanzlei von Rechtsanwalt Dr. Förster.
Als er sich kurz zuvor niederließ, lehnte er sich zurück und seine Beine zeigten in die Luft. Sofort ruckte er vor, blinzelte zur Sekretärin hin, die drüben hinter ihrem großen Schreibtisch arbeitete. Er war erleichtert, dass sie offenbar von seiner unfreiwilligen Turnübung nichts mitbekommen hatte. Auf dem niedrigen Tisch vor ihm liegen Zeitungen und Magazine. Und dort steht auch ein gläserner Aschenbecher. Homer nimmt dies als stumme Einladung und zündet sich eine Zigarette an. Dann laufen seine Gedanken wie von selbst zurück zu dem Abend nach der Visite bei Hubis Schwester Karin in der Holledau.

Falk, Dr. Loderer und Homer hatten sich für den Abend im »Ischia« verabredet. Homer traf kurz nach Falk ein, der bereits am runden Tisch am Fenster mit dem Blick zum Schloss saß. Tonio selber brachte den Rotwein und zündete die Kerze auf dem Tisch an.

Bis der Doktor eintraf redeten die Freunde über den Plan der kleinen Brauerei. Homers quasi aus dem Bauch heraus geborener Wunsch, stiller Teilhaber am »Wittelsbacher-Keller« zu werden, war inzwischen zur festen Absicht gereift. Falk, der sich in den nächsten Tagen mit dem jungen Brauer treffen würde, versprach, Homers Interesse anzusprechen. Homer schaute gerade hinüber zum angestrahlten Schloss, als Loderer, mit einem Glas Orangensaft in der Hand, am Tisch erschien. Nachdem er sich gesetzt hatte, erzählte Homer für den Doktor nicht gerade eine Kurzfassung des Erlebnisses in der Holledau.

Danach trank Loderer einen Schluck, sah Homer mit seinen blauen Augen an und Homer sagte: »*Uns aber lasst überlegen, wie dies alles noch ende, wenn der Verstand noch hilft.*«

Loderers Lippen umspielten ein Lächeln.

Also begannen sie durchzusprechen und zu bewerten, was sie bisher wussten. Manches erschien jetzt in neuem Zusammenhang in einem anderen Licht. Und sie hakten sich an dem einen oder anderen Punkt fest. Einmal wurde die Diskussion so heftig, dass sie ihre Argumente alle gleichzeitig in die Runde warfen. Verblüfft sahen sie sich an und brachen in Lachen aus. Doch gleich darauf redeten sie sich erneut die Köpfe heiß. An einer Stelle blitzte Homer ein Gedanke durch den Kopf. Was hatte Reger sen. gesagt? Augenblicklich klinkte er sich geistig aus, zündete sich eine Zigarette an, nahm sein Glas in die Hand. Versonnen drehte er das Glas hin und her, ließ das Kerzenlicht im Rotwein Funken schlagen.

Loderer holte ihn zurück: »Träumen Sie, Homer?«

Homer sah den kleinen Doktor an: »Mir ist gerade etwas siedend heiß bewusst geworden, Doktor. Ich muss mich fragen, warum ich das nicht beachtet habe?«

»Du gibst uns ein Rätsel auf, Homer«, sagte Falk.

»Ich muss noch mal zum alten Reger«, sagte Homer.

»Das wollen Sie sich tatsächlich antun?«, wunderte sich Loderer.

»Es muss sein, Doktor. Vielleicht kann das aber auch ein Anruf klären«, sinnierte er.

»Um was geht es, Homer? Lass uns nicht dumm sterben«, bat Falk.

Homer sagte es den Freunden. Einen Moment herrschte Schweigen am Tisch.

Dann sagte Loderer: »Das müssen Sie unbedingt klären, Homer. Unser gesamter Gedankenbau schwebt in der Gefahr zu Makulatur zu werden.«

Homer sah ihn an: »*Lass mich zunicken dir mit dem Haupt, damit du gewiss bist.*«

Homer stand in seinem Büro, seiner Schatzkammer, vor dem überladenen Schreibtisch, den Telefonhörer in der Hand, und sah hinunter zur Au. Seit am Vortag ein Föhnsturm in den Bergen die Temperaturen nach oben getrieben hatte und es nicht mehr regnete, war der Wasserstand nicht weiter gestiegen. Noch umspülte das braune Wasser die Büsche am Uferhang.

Homer drehte den Kopf und lauschte einen Moment auf das Gemurmel im Laden, wo Biggi mit einem Kunden sprach. Dann wählte er die Nummer der Kanzlei von Rechtsanwalt Dr. Förster, die er auf einem Zettel notiert hatte.

Es meldete sich eine weibliche Stimme.

»Mein Name ist Kreitmayer. Kreitmayer von der Buchhandlung ›Homer & Freunde‹.«

»Grüß Gott, Herr Kreitmayer, wie kann ich Ihnen helfen?«

»Wenn es in Ihrer Macht liegt, dann können Sie mir damit helfen, dass ich kurzfristig einen Termin mit Doktor Förster bekomme. Ich denke, ich werde ihn nicht länger als eine halbe Stunde in Anspruch nehmen.«

»Kurzfristige Termine sind immer rar, Herr Kreitmayer. Ich werfe mal einen Blick in den Terminkalender. Moment bitte.«

Der Hörer wurde zur Seite gelegt und Homer übte sich in Geduld.

»Herr Kreitmayer! Ich sehe eine vage Möglichkeit. Doch ich kann Ihnen keine feste Zusage geben. Ich muss erst mit Herrn Doktor sprechen.«

»Danke. Und wie gesagt: Es ist dringend«, insistierte Homer.

»Darf ich Sie zurückrufen, Herr Kreitmayer?«

»Bitte. Das wäre sehr freundlich.«

Den Hörer noch in der Hand, schaute er die zweite Nummer an, die auf dem Zettel stand. Dann gab er sich einen Ruck und drückte die Tasten. Während er wartete, überlegte er, wo bei Reger das Telefon stand. Hatte er es überhaupt gesehen?

Regers Stimme: »Hallo.«

»Grüß Gott, Herr Reger. Kreitmayer.«

»Jetzt bin ich doch platt. Hab nicht gedacht, dass Sie sich nochmal melden. Was ist los?« Regers Stimme tönte irgendwie aufgekratzt in Homers Ohr. Dieses sonnige Gemüt mag einer verstehen.

»Herr Reger, Günter schreibt Ihnen. Habe ich das richtig verstanden?«

»Ist das so abwegig, wenn der Sohn seinen Eltern schreibt?« Reger klang auf einmal anders, ein Hauch von Aggressivität schwang da mit.

»Gott bewahre, Herr Reger«, versuchte Homer zu beruhigen. »Ich wollte Sie fragen, woher die Post kommt?«

»Australien«, kam es knapp zurück.

»Wie sind die Briefe geschrieben?«

»Wie sollen sie geschrieben sein?«

»Mit der Hand, Herr Reger, mit der Maschine oder mit dem Computer?«

Jetzt lachte Reger. »Ach so. Mit der Maschine.«

»Nie mit der Hand?«

»Nein. Günter hat eine fürchterliche Klaue, die kaum ein Mensch entziffern kann.«

»Schreibt er auch Karten?«

»Hin und wieder. Eher selten.«

»Sind die Karten ebenfalls mit der Maschine geschrieben?«

»Ja. Sagte ich Ihnen nicht gerade, seine Handschrift ist für andere eine rätselhafte Geheimschrift.«
»Und die Unterschrift?«
»Was ist mit der?«
»Mit der Hand oder …?«
»Seinen Servus macht er mit der Hand.«
»Und?«
»Was und? Ich verstehe nicht?«
»Sie stammt eindeutig von Günter?«
»Daran hatte ich nie einen Zweifel.«
»Wie oft schreibt Günter?«
»Hm. Zuerst ziemlich häufig. Später nur noch zu den Geburtstagen und zu Weihnachten.«
»Wann kam die letzte Post von ihm, Herr Reger?«
»Zu meinem Geburtstag – im August.«
»Woher?«
»Australien. Wie gehabt.«
»Was schreibt er denn so, der Günter?«
»Nichts Weltbewegendes. Er scheint inzwischen recht andante zu leben, will ich mal sagen.«
»Gar nichts Auffälliges?«
Einen Moment war es still in der Leitung, bevor Reger sagte: »Mit dieser Frage habe ich ein Problem. Ich weiß nicht, auf was Sie hinaus wollen.«
»Eigentlich will ich auf nichts hinaus. Ich frage einfach, was mir so ad hoc einfällt.« Was allerdings so nicht stimmte. Homer hatte sich die Fragen genau überlegt.
»Und was meinen Sie dann mit *nichts Auffälliges*?«
»Tscha, wie soll ich es sagen?« Homer schob eine dramaturgische Pause ein, so, als suche er nach der Formulierung. »Gut, Herr Reger, frage ich mal extrem: Sind Sie hundertprozentig davon überzeugt, dass es Günter ist, der Ihnen schreibt?«
»Wer sonst?« Das kam wie aus der Pistole geschossen. Danach war es still. Als die Pause immer länger dauerte, fragte Homer nach: »Herr Reger?«
»Ja, ja, ich bin noch dran. Ich krame in meinem Gedächtnis. Damals, nachdem er sich dünne gemacht hatte, dachte ich mal, das klingt alles irgendwie nicht nach Günter. Aber ich hab angenommen, Claudia habe den Brief geschrieben und Günter nur seinen Servus druntergesetzt. Wirklich Gedanken habe ich mir allerdings nicht gemacht.«

»Claudia ist Ihre Schwiegertochter?«
»Richtig, Herr Kreitmayer. Warum fragen Sie eigentlich so penetrant, sagen Sie mal?«
»Die pure Neugierde, Herr Reger.«
Reger lachte meckernd. »So hat eben jeder seinen Spleen, nicht wahr?«
»Nobody is perfect, Herr Reger.«
»Eben.« Keimte da Sarkasmus?
»Eine letzte Frage noch.«
»Ja?«
»Hat Günter Sie jemals angerufen?«
»Nein, hat er nicht.« Die Stimme hatte einen rauen Klang. Dann legte Reger auf.
Nachdenklich sah Homer zum Fenster hinaus.

Der Sohn spazierte mit seinem Vater durch die Straßen von Florenz. Der Vater war in seinen besten Jahren, der Sohn kaum erkennbar jünger. Mit weiten Schritten eilte der Vater voran. Der Sohn folgte mühsam. Er hinkte. Den Besuch einer berühmten Bibliothek, den sich der Sohn gewünscht hatte, schlug der Vater mit einer herrischen Handbewegung aus. Stattdessen begleitete er nun den stummen Vater durch die menschenleere Stadt. Sie erreichten den Fluss. Die Schritte des Vaters wurden schneller. Schweratmend, Schweiß rann ihm über das Gesicht, starrte der Sohn wie in Trance auf den breiten Rücken des Vaters vor ihm. Immer wieder sagte der Sohn sich im Takt der Schritte: *»Und das eine gewährte, das andere versagte der Vater.«*
Unvermittelt blieb der Vater im Schatten einer Hausecke stehen. Nachdem der Sohn heran war, deutete er zur nahen Brücke. Dort lehnten zwei Männer nebeneinander an der steinernen Brüstung. Der Vater sah den Sohn an, der atemlos, mit hängenden Armen dastand.
»Der eine ist tot und lebt. Der andere lebt und ist tot«, sagte der Vater mit seltsam hallender Stimme.
Der Sohn fixierte die Männer, erkannte sie und erschrak ...
Schweißnass hockte Homer in seinem Bett. Noch nicht vom Traum gelöst, sah er blicklos ins Nichts. Er fing an zu frösteln, ließ sich zurücksinken und zog die Bettdecke über die Brust. Zwei warme Hände berührten ihn. Homer rollte auf die Seite, Biggi entgegen, die ihn in die Arme nahm.

Augenblicklich wichen die Traumschatten von ihm. Ein Gefühl der Dankbarkeit und des Glücks durchflutete ihn. Er drängte sich an Biggi und küsste sie ins Haar.

Eine sonore Stimme holt Homer aus seinen Gedanken in die Gegenwart zurück. Die Worte, die Doktor Förster, ein Mann mit der Statur eines Schwergewichtsboxers, an die zierliche aparte Frau neben ihm richtet, kann Homer allerdings nicht verstehen. Förster steht in der offenen Tür zu seinem Büro. Die Frau schaut mit ernstem Gesichtsausdruck zu ihm auf. Sie ist schön, sehr schön, diese Frau, hat einen olivfarbenen Teint und blauschwarze, schulterlange Haare.

Förster schweigt, wartet offensichtlich auf eine Reaktion der Besucherin, schließt dann die Tür. Leicht seinen Arm um die Schulter der Frau gelegt, begleitet er sie durch den Vorraum. Im Vorübergehen lächelt Förster kurz zu Homer hin. An der gläsernen Eingangstür umarmt das Paar sich freundschaftlich. Galant öffnet der Anwalt die Tür und nickt der Frau noch einmal zu. Als sie geht, folgt ihr sein nachdenklicher Blick.

Doktor Förster kommt direkt auf den Tisch zu. Homer erhebt sich. Eine Riesenpranke wird ihm entgegengehalten. Mutig ergreift er sie. Gegen seine Erwartung wird ihm die Hand nicht zerquetscht.

»Hallo, Herr Kreitmayer.«

»Grüß Gott, Herr Doktor.«

»Wie lange liegt mein letzter Besuch in Ihrer Buchhandlung zurück?« Der Anwalt gibt Homers Hand frei und beantwortet gleich selbst seine Frage: »Eine kleine Ewigkeit, nicht wahr? Und nun, was führt Sie zu mir?«

»Neugierde«, sagt Homer und sieht so etwas wie Überraschung auf dem breiten Gesicht.

»Jetzt bin gleichfalls neugierig. Kommen Sie.«

In seinem Büro weist Förster auf einen Stuhl vor dem Schreibtisch. Homer setzt sich und lässt dabei seine Augen fliegen. Alle Möbel sind aus dunklem Holz und blitzendem Chrom. Das moderne Gemälde an der Wand im Rücken des Anwalts stammt wohl vom gleichen Künstler wie das draußen im Vorraum.

»Ich danke Ihnen für den schnellen Termin, Herr Doktor.«

Förster nickt jovial. Seine Hände liegen gefaltet auf der Schreibunterlage. Die braunen Augen linsen über die randlose Brille mit den schmalen Gläsern hinweg Homer an.

»Stichwort: Neugierde«, sagt Förster. »Um was geht es, Herr Kreitmayer?«
»Um Hubert Haller.«
Homer hat auf eine Reaktion spekuliert, doch es kommt keine. Förster fährt sich mit beiden Händen durch die sehr kurzen eisengrauen Haare. Dabei blickt er Homer aufmerksam an.
Ist das vielleicht doch eine Reaktion? Braucht der Anwalt Zeit?
»Hubert Haller«, wiederholt Förster den Namen. »Ich war sein Anwalt und bin es immer noch. Ich verwalte seinen Nachlass beziehungsweise den seiner ehemaligen Firma.«
»In wessen Auftrag? Haller ist doch tot?«
Der mächtige quadratische Schädel wiegt bedächtig hin und her. »Sie wissen, Herr Kreitmayer, dass ich als Anwalt einer Schweigepflicht unterliege?«
»Sagen wir mal so, ich habe mir sowas gedacht. Doch bisher habe ich keine Frage gestellt, die Sie kompromittieren könnte oder, Herr Doktor?«
Förster lächelt verschmitzt. »Ich mache Ihnen einen Vorschlag, Herr Kreitmayer. Sie stellen Ihre Fragen und ich entscheide, ob ich sie beantworte oder nicht? Okay?«
»Danke.« Weshalb spielt Förster das Spiel mit? Ist er wirklich nur neugierig? »Sie sagten, Sie sind immer noch Hallers Anwalt.«
»Seit der Firmengründung war ich sein Anwalt. Nach einigen Jahren sehr positiver Zusammenarbeit bot Haller mir eine Generalvollmacht an, die bis heute ihre Gültigkeit hat. Da noch immer hier und da Lizenzangelegenheiten zu bearbeiten sind, muss sich jemand darum kümmern. Und dieser jemand bin zwangsläufig ich.«
»Weshalb wurde die Firma eigentlich nicht fortgeführt?«
»Haller war Hirn und Herz der Firma, das eigentliche Kapital. Und nach seinem Tod ...«
»Hätte nicht sein Partner ...?«, fällt ihm Homer ins Wort.
»Der ist von einem auf den anderen Tag verschwunden.«
»Seltsam, oder nicht? Wie stand es damals um die Firma?«
Förster blickt intensiv auf seine Hände, die wieder auf dem Tisch liegen. Überlegt er, ob er antwortet oder schweigen soll? »Die Firma ›Fly-Systems‹ hat gut, sehr gut verdient. Sie besaß weltweit einen Nischenplatz und war so gut wie unbehelligt von Konkurrenten.«
»Und?«

»Mit viel Glück und Geschick gelang es mir, einen Bankrott abzuwenden.«

»Hat Sie das überrascht, Herr Doktor?«

»Allerdings.«

»Wer war dafür verantwortlich?«

»Der Partner.«

»Günter Reger.«

Förster nickt mehrmals, bevor er sagt: »Reger beschwor durch seine Spielsucht die Misere herauf. Da er wusste, dass es ihm an den Kragen gehen würde, tauchte er unter.«

»Konnte Reger tatsächlich unbemerkt die Firma so schädigen?«

»Ich wusste es jedenfalls nicht, aber ich vermute, dass Haller es wusste.«

»Warum setzte er Reger nicht den Stuhl vor die Tür? Haller war doch, soweit ich ihn kannte, wenig sensibel.«

»Das kann ich Ihnen nicht sagen. Haller hielt unverbrüchlich an ihm fest. Allerdings müssen Sie in Rechnung stellen, dass Reger ein geschickter, und wenn es sein musste skrupelloser Kaufmann war. Zudem war er ein blendender Verhandlungspartner, was wohl seiner Spielernatur entsprach. Außerdem besaß er die Gabe eines glänzenden Schauspielers, der sich wie ein Zauberer auf verwirrende Scharaden verstand.«

Homer nimmt das Gehörte ohne Kommentar auf. Bei einem Punkt hakt er nach: »Sie haben einen drohenden Bankrott verhindert, Herr Doktor. Wie haben Sie das gemacht?«

Die braunen Augen blinzeln.

»Oh, das ist eine lange Geschichte. Ich werde sie für Sie kurz halten. Zum einen vergab ich Lizenzen. Zum anderen übernahm ein enger Mitarbeiter Hallers den Modellbereich.«

»Ramsauer?«

Sichtbares Staunen beim Gegenüber. »Richtig. Lothar Ramsauer.«

»Verraten Sie mir, wie Ramsauers Firma heißt und wo sie ist?«

»›Fly-Control‹ in Dießen am Ammersee.«

Nun schlägt Homer wieder einen kleinen Haken. »Ich vermute mal, Herr Doktor, so eine Lizenz wird nicht gerade wohlfeil sein. Auch Ramsauer wird das Erbe nicht für ein Butterbrot erhalten haben. Wo flossen oder fließen diese Gelder hin?«

Der Anwalt lächelt. Seine Augen sind fest auf Homer gerichtet. »Kein Kommentar«, sagt er.

Warum fragt ihn Förster nicht, weshalb er, Homer, eigentlich hier sitzt und diese Fragen stellt? Er erliegt der Versuchung, den Anwalt zu provozieren.

»Herr Doktor, wir beide, Sie und ich, wissen doch, dass Hubert Haller putzmunter ist.«

Auf dem Gesicht des Anwalts zeigt sich kein Erstaunen, eher eine mitleidige Verwunderung. War es möglich, dass Förster damit gerechnet hat? Homer ist jetzt jedenfalls klar, Förster wusste, dass Hubert Haller lebt.

»Jagen Sie da nicht einem Phantom nach, Herr Kreitmayer?«

»Ich bin Hubert, der ein alter Schulfreund ist, begegnet.«

Die Stirn unter den kurzen Haaren legt sich in Falten. »Wo?«, kommt es knapp.

»Auf Korfu, Herr Doktor.«

»Ich möchte Ihnen wirklich nicht zu nahe treten, Herr Kreitmayer, aber sind Sie da nicht vielleicht einer Verwechslung oder Ihrer Einbildungskraft zum Opfer gefallen?«

»Nein, Herr Doktor. Ich weiß, es gibt Mitmenschen, die mich für skurril halten. Aber ich bin sicher, dass bei mir noch alle Tassen im Schrank stehen.«

»Na gut, wie Sie meinen. Ich wünsche Ihnen viel Glück dabei, dem Phantom Haller nachzujagen. Jedenfalls erübrigt sich jetzt die Frage, was der eigentliche Punkt ist, weshalb Sie zu mir gekommen sind.«

Ach, siehe da!

Der Anwalt stemmt sich aus seinem Stuhl hoch. Das Gespräch ist zu Ende. Homer erhebt sich ebenfalls. Er bekommt keine Hand geboten und Förster macht auch keine Anstalten, sich hinter seinem Schreibtisch hervorzubewegen.

»Ich danke Ihnen, Herr Doktor«, sagt Homer freundlich und deutet eine leichte Verbeugung an. »Grüß Gott.«

»Grüß Gott, Herr Kreitmayer.«

Homer ist bereits an der Tür, als Förster fragt: »Wenn Haller lebt, wer soll dann Ihrer Ansicht nach in dem Grab liegen?«

Homer antwortet ohne zu zögern: »Reger und seine Frau, Herr Doktor.«

Homer durchquert den Vorraum mit der Gewissheit, dass Förster jetzt nicht lächelt.

Treffen im Yacht-Club

Es ist einer dieser seltenen späten goldenen Herbsttage. Homer und Lukas Falk stehen in der Sonne auf dem Holzsteg vor St. Alban. Vor ihnen liegt der Ammersee, auf dessen dunklem Wasser silbern die Sonne spielt. Nur wenige weiße Segel gleiten munter über den See, so, als seien selbst die Boote froh über diesen geschenkten Tag. Drüben, am jenseitigen Ufer wellen sich die grünen Hügel. Nach Süden hin wirken die Berge mit ihren verschneiten Spitzen zum Greifen nah.

Homer hatte den Freund gefragt, ob er mit nach Dießen käme. Im Klartext lautete die Frage: Fährst du mich? Lukas sagte zu. Die anstehenden Termine konnte er verschieben.

Firstau hüllte sich am frühen Vormittag, als sie losfuhren, noch in grauen Nebel. Es war kein dichter Nebel. Bis zur Mittagszeit würde er sich auflösen. Mit jedem Kilometer auf die Berge zu wurde es heller. Und schon ein gutes Stück vor ihrem Ziel schien die Sonne von einem wolkenlos lichtblauen Himmel.

In Dießen dann mussten sie zweimal Passanten fragen, um die Firma »Fly-Controll« zu finden.

Von der ruhigen Seitenstraße wollte Falk in den von einer niedrigen Mauer und einem Jägerzaun eingefassten Firmenhof einbiegen. Er musste abbremsen. Ein kleiner roter Wagen kam ihnen in der Einfahrt entgegen, und für zwei Autos war das Tor nicht breit genug. Hinter dem Steuer des Kleinwagens saß eine Frau. Homer riss entgeistert seine Augen auf. Das war doch die schwarzhaarige Schöne, die er bei Dr. Förster gesehen hatte. Wenn das ein Zufall war, dann war es ein äußerst kurioser, dachte Homer.

Ramsauer, ein drahtiger Mann in ihrem Alter mit hagerem Gesicht und Stirnglatze, empfing sie sofort in seinem Büro. Er gab sich betont freundlich, war offenbar zufrieden mit ihren Namen und der Erklärung Homers, er sei ein Schulfreund von Haller.

Homer fragte sich deshalb, ob Ramsauer mit ihrem Besuch gerechnet hatte? Gewiss können wir über Haller und auch Reger reden, meinte Ramsauer. Leider Gottes – er hob dabei seine Arme hoch und ließ sie wieder sinken – habe er noch dringende Arbeiten bis Mittag zu erledigen. Er mache ihnen einen Vorschlag. Man könne sich in einer guten Stunde im Restaurant des Yacht-Clubs treffen. Nachdem beide Besucher mit stummem Kopfnicken zugestimmt hatten, erklärte Ramsauer ihnen den Weg dorthin.

So stiegen sie also wieder in Falks Wagen, fuhren zum See und ließen das Auto auf dem großen, so gut wie leeren Parkplatz stehen. Auf der Uferpromenade spazierten sie auf St. Alban zu.

»Was ist, Homer? Du bist so ungewohnt still«, sagte Falk, als sie bereits einige Zeit unterwegs waren.

Homer erzählte Lukas von dieser Frau und dass er die ganze Zeit versuchte, sich einen Reim auf die beiden Begegnungen zu machen.

Falk sagte darauf: »Was mich irgendwie misstrauisch macht ist, dass Ramsauer so kooperativ tut.«

Nach einem Blick auf seine Uhr sagt Falk: »Wir sollten uns auf die Socken machen, Homer.«

Sie verlassen den Steg nach einem letzten langen Blick über den See.

Auf einer schmalen Straße, neben der eine eingleisige Bahnstrecke verläuft, den See in Sichtweite, fahren sie zum Yacht-Club. Die große ovale Hinweistafel, die Ramsauer erwähnt hat, ist nicht zu übersehen. Sie biegen in die kiesbestreute Zufahrt ein und rollen weiter zum Parkplatz. Von dort aus wirkt das Clubgebäude wie ein Flachbau.

Im mit raumhohen Fenstern ausgestatteten Vorraum sehen sie Ramsauer, der mit einem älteren Herrn in dunkelblauer Clubjacke spricht. Homer und Falk stellen sich an die Glasfront. Der Blick geht über zwei flache Dächer, die im Sommer wohl als Terrasse genutzt werden, hinunter zum See. An den vier Anlegestegen liegen eine Hand voll Segelboote.

Leutselig, als begrüße er alte Freunde, gesellt sich Ramsauer zu ihnen. Ihnen voran geht er zur breiten Treppe, die hinunter zum Restaurant führt. Dort ist am Fenster ein Tisch für sie reserviert. Als sei dies die selbstverständlichste Sache der Welt, lädt Ramsauer sie zum Essen ein. Homer und Falk nehmen dankend die Einladung an.

Ramsauer ist es dann, der das Gespräch so gut wie alleine bestreitet. Er spricht von seiner Firma, wobei er seinen Stolz nicht verheimlichen kann, erwähnt hier und da Rechtsanwalt Dr. Förster, wobei in seinem Ton Dankbarkeit mitschwingt.

Beim Kaffee, Homer raucht eine Zigarette, Falk einen Zigarillo, kommt Ramsauer zum Thema Hubert Haller: Schon als Junge habe Haller alte Radios repariert, mit Sendern experimentiert und an Steuerungen jeglicher Art herumgebastelt. Ganz so, als hätte er damals bereits seine Bestimmung gefunden oder doch vorausgeahnt.

Homer hört geduldig zu, was ihm nicht leicht fällt, immer mit der

Hoffnung, in den vielen Worten etwas zu hören, das ihm neu wäre. Aber es kommt nichts. Irgendeinen Sinn muss das doch haben, was Ramsauer hier vorführt. Könnte es sein, fragt sich Homer, dass Ramsauer sie hier im Club auf eine feine Art und Weise festhält? Wenn ja, warum?

Homer hält die nächste Zigarette kalt zwischen den Fingern, als er dann doch etwas sagen muss: »Herr Ramsauer, wir beide sind uns nie begegnet. Sie können nicht wissen, dass ich Hubis von ihm so genanntes Labor mit eigenen Augen gesehen habe. Für mich ist es sehr interessant, von Ihnen die daraus entstandene Legende zu hören.«

Keine Spur von Verlegenheit zeigt sich auf Ramsauers Gesicht. Er lacht: »1:0 für Sie, Herr Kreitmayer. Natürlich haben Sie Recht. Was ich aus Hallers Jugend weiß, stammt aus zweiter Hand. Ich kam erst – warten Sie mal – ja, fünf Jahre vor seinem plötzlichen Tod zur Firma. Ich war dabei, als er sein Haus und auch die Firma mit selbstentwickelten Warn- und Sicherheitssystemen und etlichen weiteren technischen Finessen ausstattete. Haller war ein Tüftler von Gottes Gnaden, kann ich Ihnen sagen.«

»Das will ich gerne bestätigen, Herr Ramsauer«, sagt Homer. »Doch bitte, wechseln wir mal die Person. Was können Sie über Reger sagen?«

In den Augen des Mannes meint Homer ein schwaches Flackern zu erkennen. Mehr jedoch nicht, und Ramsauer kommt schnell wieder in Schwung.

»Reger war für die kaufmännische Seite der Firma zuständig. Haller vertraute ihm blind. Das war ein verhängnisvoller Fehler, wie sich zeigte, zu spät zeigte. Der Scheißkerl hatte die Firma beinahe schon ruiniert. Durch seine Spielsucht steckte er bis zum Hals in Geldnöten. Nach praktisch jedem Strohhalm hat der gegriffen. Mal hab ich läuten hören, er habe mit Geldhaien aus der Halbwelt Ärger. Deren Fängen scheint er aber entwischt zu sein. Als ich ihn – wie lange ist das her? – vielleicht ein gutes Jahr – kurz gesehen habe, da sah er recht entspannt aus. Was bei Reger allerdings nicht viel heißen will.«

»Was haben Sie?« Homer ist perplex.

»Ich habe Reger nicht gesprochen, wie gesagt, nur gesehen.«

»Irrtum möglich?«

»Nein.«

»Wo war das?«

»In München. Er kam gerade aus einem nicht billigen Hotel.«

Homer muss mit dieser Aussage ins Reine kommen und widmet sich dem Eis, das vor ihm steht.

Draußen macht gerade ein Segelboot fest. Ramsauer und Falk sehen dem Manöver zu und beginnen sich über das Segeln zu unterhalten. Doch eigentlich redete nur wieder Ramsauer, bis er unvermittelt aufsteht.

»Entschuldigen Sie mich einen Moment.«

Homer und Falk verfolgen seinen Weg durch das Restaurant. Dann sehen sie sich an. Falk hebt seine Augenbrauen.

Homer sagt: »Lukas, ich werde das Gefühl nicht los, dass man mit uns spielt. Nur, wer ist der Spielleiter? Auch Ramsauer erscheint mir nur eine Schachfigur zu sein. Wie die meisten Laienschauspieler trägt er viel zu dick auf. Läuft das alles vielleicht nur ab, um uns quasi nebenbei unterzujubeln, er habe Reger gesehen. Und das stimmt doch einfach nicht.«

»Überlegen wir mal, Homer, wer der mögliche Spielleiter sein könnte. Förster? Nein, den möchte ich ausklammern. Ich denke einen gewagten Schritt weiter. Meiner Meinung nach liegt die Vermutung nahe, dass Haller dahinter steckt. Wenn das so ist, Homer, dann muss deine unbekannte Schöne Hallers Frau sein.«

Homer lächelt den Freund an. »*Keiner wird deine Worte missachten noch widersprechen*«, zitiert er Homer sen.

»Du glaubst auch, so könnte es sein?«, fragt Falk.

Homer nickt mehrmals heftig. »Ich denke, wir haben einen Blick hinter den Schleier vor der Wahrheit erhascht, Lukas.«

»Wie poetisch du dich ausdrückst«, schmunzelt Falk. Im gleichen Augenblick gibt er Homer mit den Augen ein Zeichen.

Ramsauer kommt zurück, bleibt vor dem Tisch stehen. »Ich möchte Sie mit jemandem bekannt machen«, sagt er.

Die drei Männer gehen hinüber zur Bar, an der ein breitschultriger, kräftiger Mann lehnt. Ein ähnlicher Typ wie Ludwig, nur schwarzhaarig, ein Bodyguard, steht für Homer sofort fest.

Stumm, nur mit einer Handbewegung, fordert der Fremde sie auf, ihm zu folgen. Ramsauer bleibt an der Bar zurück. Der Mann öffnet ihnen die Tür zu einem Nebenraum, lässt sie an sich vorbei eintreten und schließt sofort hinter ihnen die Tür von außen.

Neben einem Tisch vor der hinteren Wand steht ein zweiter Hüne, der einen anderen, am Tisch sitzenden Mann zum Teil verdeckt. Seine rechte Hand ist in seinem Jackett verborgen. Vom Aussehen her könnte er ein Bruder von dem sein, der vor der Tür blieb.

»Treten Sie doch bitte näher.« Die schleppende Stimme ist dunkel. Der Bodyguard macht einen Schritt zur Seite.

Homer und Falk sehen nun den ungeheuer dicken Mann hinter dem Tisch. Vor ihm eine Flasche Kognak, ein zweifingerhoch gefüllter Kognakschwenker sowie ein gläserner Aschenbecher. Der unförmige Dicke hält eine brennende Zigarre zwischen seinen fetten Fingern. Am Ringfinger steckt ein protziger Ring.

Auf ein leichtes Heben der Zigarre hin wirft der Bodyguard Homer und Falk noch einen kontrollierenden Blick zu, stakst dann durch den Raum und lässt sich auf einem Stuhl neben der Tür nieder.

Der Dicke lächelt, lässt mehrere Goldzähne sehen. »Nehmen Sie Platz – bitte.«

Wer ist dieser ungewöhnliche Mann, fragt sich Homer.

Als Homer und Falk sitzen, sagt der Dicke: »Nehmen Sie es mir nicht übel, dass ich mich nicht erhebe. Ich bin nicht mehr so gut in Form.«

Der Mann schnauft hörbar, was Homer die blaugeäderte knollige Nase für einen Moment anstarren lässt.

»Ich heiße Jakob Rosenbusch.« Die pechschwarzen Augen blicken freundlich.

Homer und Falk nennen ihre Namen. Ihr Gegenüber nickt dazu, als seien ihm die Namen längst bekannt. So wird es wohl auch sein, denkt sich Homer. Rosenbusch geht auch nicht darauf ein, sondern sofort in medias res: »Ramsauer rief mich an. Zwei Männer wollen mit mir über Hubert Haller reden, sagte er. Oh wie interessant, dachte ich, über einen Mann zu reden, der vor mehr als einem Jahrzehnt in die ewige Heimat ging. Folglich habe ich mich herfahren lassen.« Er schnauft mehrmals tief, schließt dabei seine Augen.

Mit noch immer geschlossenen Augen spricht er weiter: »Hubert Haller. Wir waren keine Freunde. Doch wir hatten großen Respekt voreinander. Haller war ein toller Kerl. Bis heute bedaure ich, dass er nicht mehr ist. Wissen Sie, ich besitze mehrere Lokale und Bordelle. Haller hat sie alle mit originellen Sicherheitssystemen ausgestattet, obwohl das eigentlich nicht sein Geschäft war. Und was soll ich Ihnen sagen …« Wieder holt er tief Luft. »… bis heute ist es nicht gelungen, dieses System zu überlisten. Tolle Leistung von Haller. Ich will hoffen, mein Lob dringt bis hinauf in die himmlischen Sphären. Was ich Haller noch höher anrechne als seine Sicherheitssysteme ist, es war ihm völlig egal, dass ich Jude bin.«

Homer entgeht nicht das kurze wütende Blitzen in den wieder

offenen schwarzen Augen, bevor sich schützend die langen seidigen Wimpern darüber legen.

»Wenn man als Kind, klein und ziemlich dick, Itzig geschimpft wird von anderen Kindern und nicht in der Lage ist, sich zu wehren, empfindet man das nicht nur als schofel, dann brennt sich das für immer in die Seele ein.« Er zieht kräftig an seiner Zigarre, greift zum Glas und leert es mit einem Schluck. »Später nannte mich keiner mehr Itzig, ohne kräftig eins auf die Nase zu bekommen.« Rosenbusch gluckst zufrieden.

Homer kann nicht anders: »*Wenn von Menschen einer der Kraft und der Stärke sich hingibt und dich nicht ehrt, so bleibt dir später noch immer die Rache.*«

Stumpf sehen ihn die Pechaugen an. Offenbar kann Rosenbusch mit dem Homerzitat nichts anfangen. »Was war das für ein seltsamer Spruch?« Die Modulation seiner Stimme ist noch eine Spur dunkler.

»Homer, Herr Rosenbusch, Odyssee.«

»Aha, wir sind also ein Intellektueller, was?«

Er grinst, schnauft, in seinem Blick liegt unvermittelt etwas Lauerndes.

»Sie haben kein Problem, mit einem Juden am Tisch zu sitzen, Herr Kreitmayer?«

»Warum sollte ich?«, fragt Homer zurück. »Ein Problem hätte ich nur, wenn Sie kein netter Kerl wären, Herr Rosenbusch.«

Jetzt lacht der dicke Mann. Der ganze Fleischberg ist in Bewegung.

»Wie haben Sie Haller kennen gelernt, Herr Rosenbusch?«

»Ha, ha, jetzt will der Herr Tacheles reden. Gut, gut. Das war hier am See. Damals war ich noch um einige Pfündchen leichter als heute.« In seinen Augen steht eine Mischung aus Melancholie und Ironie. »Ich war zu der Zeit oft hier. Hatte ein bescheidenes Häuschen am See. Mir fiel Haller auf, der mit unendlicher Geduld an Modellbooten herumbastelte und sie geschickt über das Wasser sausen ließ. Ich habe ihn lange beobachtet und war fasziniert. Nachdem ich ihn später näher kennen lernte, merkte ich, dass er auch ein wilder Hund sein konnte. Doch behielt er in jeder Situation seinen kühlen Kopf. Das imponierte mir mächtig, da mir diese Beherrschung völlig abgeht.«

»Sie wissen, wie er umgekommen ist?«, fragt Falk.

»Fatale Sache.«

»Und?«

»Was und?«

»War es ein Unglück?«

Rosenbusch schnauft erneut heftig. »Habe nichts anders gehört«, sagt er.

»Kannten Sie auch den damaligen Partner?«, fragt Homer.

»Reger? Jetzt betreten wir aber ein heikles Pflaster. Sollte Reger die Chuzpe haben, mir vor die Augen zu kommen, werde ich sehr unfreundlich zu ihm sein.« Der Ton klingt gar nicht mehr freundlich.

Homer läuft es kalt den Rücken herunter.

»Ich muss meschugge gewesen sein«, sagt Rosenbusch. »Meschugge, als ich mich mit Reger einließ. Kann wohl sein, dass ich Blödmann Haller gefällig sein wollte.«

»Warum sind Sie so böse auf Reger, Herr Rosenbusch«, will Homer wissen.

»Er hat einen Haufen Schulden bei mir.«

»Wieviel?«

»Nein, das binde ich Ihnen nicht auf die Nase. Jede Achtung würden Sie vor mir verlieren. Allein der Gedanke daran lässt die Wut in mir hochkochen.«

»Für was brauchte er das Geld?«

»Um andere Löcher zu stopfen vermutlich. Hatte überall Schulden. Er verzockte ja jeden Groschen. Vor allem Pferderennbahnen zogen ihn magisch an.«

»Wohin könnte er sich abgesetzt haben?«

»Lieber Herr, gäbe es nur den kleinsten Ansatzpunkt, ich hätte ihn längst am Kragen.«

Eine Kellnerin rollt auf einem Servierwagen ein Essen für Rosenbusch herein, das zwei vom Hungertod Bedrohte ausreichend gesättigt hätte.

Rosenbusch legt seine Zigarre in den Aschenbecher.

»Ich würde Sie ja gerne einladen«, sagt er. »Aber Sie haben ja bereits gut gespeist.«

Der Dicke steckt sich eine weiße Serviette irgendwo unter sein mächtiges Vielfachkinn.

»Wir wünschen einen guten Appetit«, sagt Falk.

»Haben Sie noch einen hübschen Spruch für mich, Herr Kreitmayer, von diesem – wie hieß der Knabe noch? – richtig: Homer? Sozusagen als Abschiedsgeschenk?«

Die »Audienz« ist also zu Ende.

Homer denkt nur kurz nach. Dann zitiert er: »*Wahrlich, es ist kein anderes Wesen mehr zu bejammern als der Mensch, von allem was atmet und kriecht auf der Erde.*«

»Muss ein kluger Knabe gewesen sein, dieser Homer«, sagt Rosenbusch.

November-Renntag

Seit Wochen kleben die Plakate an Litfaßsäulen und Plakatwänden, hängen in den Schaufenstern von Firstau und der Region. Das Papier ist leuchtend rot, weiß die Schrift, der stilisierte Pferdekopf schwarz. Sie werben für den traditionellen »November-Renntag« auf der Trabrennbahn.

Homer war noch nie zu einem Renntag. Doch diesmal ist er mit Dr. Loderer verabredet. Auch Lukas Falk wird dort sein, aber keine Zeit für Homer haben. Falk verfolgt für seinen »Kreisboten« in offizieller Mission die Rennen von der Pressetribüne aus.

Der Sonntag ist ein grauer Tag. Ein kühler Ostwind lässt die Luft kälter erscheinen als sie tatsächlich ist. Auf dem weiten Platz bewegen sich mehr Menschen, als es Homer erwartet hat. Nach allen Seiten Ausschau haltend, lässt sich Homer durch die Menge treiben. Den Doktor zu finden wird nicht ganz einfach sein. Doch nachdem er zum zweiten Mal an den Kassenhäuschen vorbeigeschlendert ist, kommt der Doktor winkend auf ihn zu.

»Na, schau an«, staunt Homer.

Loderer trägt einen breitkrempigen Hut mit rostrotem Band, eine tintenblaue Wolljacke, die ihm bis über die Hüften reicht, sowie eine schwarze Kordhose. Und alles passt, auch farblich. Nichts zu sehen von der sonstigen Nonchalance des Doktors in puncto Garderobe. Loderer kennt Homer gut genug, um dessen kurzes Schmunzeln wahrzunehmen. Er verschränkt die Arme vor der Brust und fragt: »Und?«

Homer zwinkert ihm zu. »In solche Unkosten hätten Sie sich für den Renntag aber nicht stürzen müssen, Doktor.«

Loderer lacht. »Eigentlich wollte ich mir bei Rühberg auch nur eine neue Hose kaufen. Sie wissen ja, wie Rühberg ist. Jeder Kunde wird wie der beste Freund behandelt und kann nicht umhin, den Rundgang durch sein Geschäft mitzumachen. Tscha, das Ergebnis sehen sie vor sich. Was sagen Sie zu meinem Hut, Homer?«

»Er hat Pfiff, Doktor.«

Loderer scheint zufrieden über Homers Worte. Lächelnd hält er zwei Eintrittskarten hoch.

»Haben Sie lange dafür anstehen müssen?«

»Eine gute halbe Stunde.«

Homer schaut in die Runde. »Haben Sie solches Interesse am Trabrennen erwartet, Doktor?«

»Ich bin auch überrascht«, gibt Loderer zu.

Vor dem Tribünentunnel bildet sich ein Rückstau. Es geht nur noch langsam voran.

»In zwei Wochen wird mich Pater Bruno, mein langjähriger Briefpartner, besuchen«, sagt Loderer. Die wasserblauen Augen leuchten hinter den Brillengläsern.

»Pater Bruno? Das ist der Mönch aus dem Kloster in der Nähe von Sienna?«, fragt Homer nach.

Loderers Leidenschaft sind alte Handschriften. Seine umfangreichen Privatstudien haben ihn zu einem auch in Fachkreisen anerkannten Experten werden lassen.

»Sie glauben nicht, wie sehr ich mich auf Pater Bruno freue. Ich habe ihn noch nie gesehen, wissen Sie.«

Einige Schritte weiter sagt Loderer: »Ich möchte Sie gerne zu einem Abend mit Pater Bruno zu mir einladen, Homer.«

Überrascht sieht Homer den Doktor an. »Herzlichen Dank. Ich komme gerne.«

Ein schelmischer Ausdruck erscheint auf Loderers Gesicht. »Sie dürfen auch gerne Frau Aumüller mitbringen.«

Demnach hat der Doktor offenbar doch keine Vorbehalte gegen Homers Liaison mit Biggi. Loderers bisheriges Schweigen dazu hatte Homer bislang als dessen Missbilligung gewertet.

»Danke, Doktor.«

Wieder wenige Meter weiter sagt Homer: »Übrigens, Doktor, Karin hat mir die Fotos von Haller und Reger geschickt. Es sind Jugendbilder, die uns nichts bringen.«

»Schade, nicht wahr.«

Nach dem hohen Rundbogen unter der Tribüne passieren sie die Schranke, zeigen die Eintrittskarten und anschließend geht es zügig voran. Zu beiden Seiten befinden sich die Zugänge zur Tribüne. Homer und Loderer gehen geradeaus. Nach einem kurzen Weg stehen sie im Freien. Rechts und links von ihnen erhebt sich steil die Haupttribüne. Von ihrem Standort aus überblicken sie das gesamte Oval der Rennbahn, die von einem gepflegten Rasen eingerahmt ist. Ebenso wie die Haupttribüne ist auch die Gegentribüne gut besetzt.

Auf den breiten Steinstufen steigen sie hinunter zum so genannten Forum, einem breiten, mit feinem Kies bestreuten Streifen, der sich vor der Tribüne hinzieht. Von hier aus kommt der Besucher zu den Wettschaltern, die unter der Tribüne liegen, sowie über eine Treppe hinauf zum Restaurant.

Ohne Eile bewegen sich Homer und Loderer durch die Menge. Beide Männer schnuppern die Atmosphäre. Je näher sie den Wettschaltern kommen, desto mehr scheint die nervöse Spannung der Menschen um sie herum anzusteigen.

Aus dem Pressebereich der Tribüne winkt ihnen Falk zu. Einige Reihen höher entdecken sie den Landrat neben dem Bürgermeister. Johannes Grüner und Dr. Lorenz scheinen sich gut gelaunt zu unterhalten.

Ohne Widerstand lassen sich Homer und Loderer allmählich bis in die Nähe des Stahlgitters herantreiben. Ein Stück dahinter haben die in ihre Stallfarben gekleidete Männer in den Sulkys Mühe, ihre Pferde einigermaßen ruhig zu halten.

Einige Minuten später wird über die Lautsprecher das erste Rennen angekündigt. Auf der elektronischen Tafel unter dem Tribünendach erscheinen die Wettquoten. Das Starterfeld rollt auf die Bahn und an das Band heran. Sobald dort eine gewisse Ordnung herrscht, wird der Start freigegeben. Ein Raunen geht durch die Zuschauermenge, geht im Verlauf des Rennens in einen dunklen Summton über. Die Spannung ist jetzt fast mit Händen zu greifen.

Homer und Loderer lassen sich von der Stimmung, die mit jedem Meter, den sich das Feld dem Ziel nähert, fiebriger wird, anstecken. Bevor das Rennen in die entscheidende Phase geht, ertönen hier und da hysterische Schreie von der Tribüne. Der Platzsprecher, der immer atemloser schildert, schürt die Dramatik zusätzlich an.

Es ist faszinierend, wie die Masse sich vor dem Zieleinlauf wie rasend gebärdet und wenige Meter nach der Ziellinie in kollektive Ermattung zu fallen scheint.

Homer und Loderer sehen sich erstaunt an. Solch ein Spektakel ist für sie eine neue Erfahrung.

Vor dem Zugang zu den Wettschaltern geht es minutenlang turbulent her. Auf der Tribüne hat sich die Aufregung wieder gelegt.

Homer schlägt vor, sich bei den Wettschaltern umzusehen. Bis sie dort angelangt sind, geht es auch hier wieder gelassener zu. Monitore, auf denen der Zieleinlauf des Rennens zum x-ten Mal wiederholt wird, stehen seitlich und hängen von der Decke.

Ohne für sie erkennbare Ursache zieht die Spannungskurve langsam wieder nach oben. Auf den Monitoren erscheint die Starterliste für das nächste Rennen. Dann leuchten rätselhafte Zahlenkombinationen auf, die von den immer zahlreicher Hereindrängenden wie heilige Gebetstafeln betrachtet werden.

Zunächst beachten Homer und Loderer den jungen Mann in Jeans und Pullover, der schon eine Weile neben ihnen steht, gar nicht. Erst als er Homer von der Seite ansieht, wird dieser auf ihn aufmerksam.

»Wollen Sie wetten?«, fragt der junge Mann. »Ich kann Ihnen einen guten Tipp geben.« Mit den Fingern seiner linken Hand fährt er sich durch den verstrubbelten Haarschopf.

»Können Sie uns vielleicht erklären, was auf den Bildschirmen steht und was daran so fesselnd ist?«, will Loderer von ihm wissen.

Der Gefragte gibt sich alle Mühe, doch er erkennt schnell, die Geheimnisse eines Rennplatzes sind nicht in Kurzfassung zu entschlüsseln.

Homer entnimmt seiner Geldbörse einen Hunderter, gibt ihn dem jungen Mann, dessen Augen kurz aufleuchten.

»Probieren Sie es mal für uns, ja?«, sagt er.

»Na klar.«

Gespannt verfolgen sie, wie der junge Mann, offenbar ein ausgekochter Profi, vorgeht. Erst im allerletzten Augenblick, das Rennen ist unmittelbar vor dem Start, steht er am Schalter. In dem Raum wird es still wie in einer Kirche. Die Schalter schließen für dieses Rennen.

Neben Homer und Loderer verharrt der junge Mann regungslos vor dem Monitor und verfolgt schweigend das Rennen. Kurz vor dem Zieleinlauf wippt er einige Male auf den Fußspitzen. Dann schießt seine geballte Faust plötzlich in die Luft.

»Und?« Homer tippt mit dem Zeigefinger gegen die Schulter des jungen Mannes, der wie in Trance verharrt. Seine Augen haben etwas Glasiges, als er sich Homer zuwendet. »Sie haben einen schönen Gewinn gemacht«, murmelt er.

»Sie haben ihn gemacht«, stellt Homer richtig.

»Es war Ihr Wetteinsatz.«

»Nehmen Sie mein Geld als kurzfristiges Darlehen. Geben Sie mir meinen Hunderter zurück. Der Gewinn gehört Ihnen.«

»Sie meinen das tatsächlich ernst?«

»Völlig ernst«, lächelt Homer.

»Irre. Ich bedanke mich.« Er macht eine Verbeugung und schon ist er unterwegs zum nächsten Schalter.

»Der arme Kerl«, sagt Loderer.

»Wie, Doktor?«

»So jung und schon mit Haut und Haaren dem Wettteufel verfallen.«

Homer schaut sich um und erkennt zufällig ein bekanntes Gesicht im Gedränge.

»Tatsächlich: Teufel«, sagt er.
»Bitte, was?«, fragt Loderer.
»Dort vorne steht Baron von Teufel.«
»*Der* von Teufel?«
Mit einem Nicken bestätigt Homer. »Ich nahm eigentlich an, der interessiert sich ausschließlich für Golf.«
Homer lässt Loderer zurück, schlängelt sich geschickt zu dem großen Mann durch, der alleine vor einem Monitor steht.
»Grüß Gott, Herr Baron. Können Sie sich an mich erinnern?«
Die kleinen dunklen Augen blinzeln verwundert. »Schon möglich.«
»Wir haben uns mal kurz auf dem Golfplatz gesehen«, sagt Homer. »Ich war in Begleitung von Gregor Münch.«
»Schon möglich«, wiederholt sich der Baron.
»Besuchen Sie regelmäßig die Rennbahn, Herr Baron?«
Jetzt heben sich die schwarzen Augenbrauen. »Bin jedesmal hier«, kommt es knapp zurück.
»Seit wann?«
»Ich verstehe nicht?«
»Waren Sie auch, sagen wir mal, vor dreizehn oder vierzehn Jahren schon jedesmal hier?«
Eine fahrige Gebärde des Barons nimmt Homer als dessen Bejahung.
»Kannten Sie Günter Reger?«
Einen Atemzug lang scheint der Baron zu zögern, dann nickt er.
»Wann haben Sie ihn zum letzten Mal gesehen?«
»Erinnere mich nicht mehr. Lange her. War verdammt ärgerlich, als er sich nicht mehr zeigte.«
»Ich tippe mal, er stand bei Ihnen in der Kreide?«
»Woher wissen Sie das?« Die kräftige Nase mit den roten Äderchen scheint zu glühen.
»Danke, Herr Baron«, sagt Homer und geht. Von Teufel sieht ihm verdutzt nach.
»Reger hatte auch beim Baron Schulden«, sagt Homer zu Loderer.
»Bei wem eigentlich nicht?«, entgegnet Loderer.
»Ich wandere einmal herum und frage, wer sich vielleicht noch an Reger erinnert.«
»Was soll das bringen, Homer?« Loderer ist skeptisch.
»Ich weiß es auch nicht, Doktor. Wollen Sie mitkommen?«
»Wenn Sie nicht auf meiner Begleitung bestehen, bleibe ich lieber

hier. Ich finde es richtig aufregend. Vielleicht sponsere ich den jungen Mann auch einmal.«

»Viel Glück dabei, Doktor. Bis später.«

Im Moment herrscht wieder die trügerische Ruhe vor dem Sturm. Homer geht von Schalter zu Schalter. Scheint die Person dahinter in einem gewissen Alter, dann stellt er seine Frage nach Reger. Allerdings erhält er keine positive Antwort.

In der Nähe einer Säule fällt ihm eine Tür ins Auge, durch die wiederholt jemand eintritt oder herauskommt. Frechheit siegt, denkt sich Homer und öffnet die Tür. Vor ihm liegt ein erleuchteter nackter Gang, von dem etliche Türen abgehen. Kurzentschlossen marschiert er los und drückt konsequent der Reihe nach jede Klinke nieder. Die Mehrzahl der Türen sind verschlossen. In einem Raum sitzen einige Personen hinter Computern. In drei Büros kommt er direkt zur Sache und fragt nach Reger. Auch hier vergeblich.

Die letzte Tür führt in einen kurzen Gang. An dessen Ende ist der Zugang zu den Stallungen. Dort bewegen sich Fahrer und Helfer mehr oder minder nervös durcheinander. Homer stellt jedem, dem er in den Weg tritt, seine Frage. Er hat allerdings das Gefühl, gar nicht richtig wahrgenommen zu werden.

Durch ein offenes Tor kommt er ins Freie. Auf einem Rasenplatz stehen eine Menge Sulkys herum. Weiter hinten ein Birkenwäldchen, davor ein flaches lang gezogenes Gebäude. Er geht nach links bis zu einer niedrigen Mauer. Von dort aus ist die Rennbahn zu überblicken.

Vergebliche Liebesmühe, denkt Homer.

Er hört das leise Rollen der Lokalbahn, das der Wind herüberträgt.

Dann entschließt er sich zu Loderer zurückzugehen und überlegt, welchen Weg er nehmen soll. Als er sich umwendet, stehen ihm drei Männer gegenüber. Alle drei tragen dunkle Mäntel, ihre Hände sind tief in den Taschen vergraben. Abgesehen von ihren finsteren Mienen und den zusammengepressten Lippen haben sie wenig Auffälliges oder gar Bedrohliches an sich, konstatiert Homer instinktiv.

»Herr Kreitmayer?«, sagt der älteste der Männer. Zum Glück klingt das nicht unfreundlich.

»Woher kennen Sie mich?«, fragt Homer.

»Ich denke, das tut nichts zur Sache.«

Homer beschleicht jetzt doch ein eigenartiges Gefühl.

»Wie Sie meinen«, versucht er sich ganz cool zu geben.

»Sagen Sie, sind Sie tatsächlich so naiv oder ist das Raffinesse?«

»Ich kann Ihnen nicht folgen«, gesteht Homer.

»Mensch, Sie fragen überall nach Reger herum! Hier, Mann! Ebenso können Sie fröhlich über ein Minenfeld spazieren.«

Homer macht große Augen. »Ist es verboten, sich nach irgendwem umzuhören? Tut mir Leid, ehrlich.«

»Herr Kreitmayer, die Situation ist alles andere als spaßig. Sind Sie froh, dass wir mit Ihnen reden. *Wir* wollen Ihnen nämlich nichts.«

Innerlich atmet Homer tief durch. Unter seinen Armen hat sich kalter Schweiß gebildet.

»Einen guten Rat, Herr Kreitmayer: Lassen Sie es sein, den Namen Reger hier auf der Rennbahn herumzuposaunen. Jemand könnte leicht falsche Schlüsse ziehen, zumal er vielleicht noch gute Gründe dazu hat. Dann ist es nicht ausgeschlossen, dass es für Sie unangenehm, möglicherweise sogar sehr unangenehm werden könnte, wer weiß.«

Homer kratzt die Reste seines Mutes zusammen und fragt: »Kennen Sie Reger?«

Nur ein kleines Lächeln auf dem Gesicht des Mannes. »Das hält man im Kopf nicht aus, Mann!«, sagt er. »Aber gut. Ja, wir hatten das zweifelhafte Vergnügen mit Reger. Bei seinem plötzlichen Abgang damals hat er viele Rechnungen offen gelassen, zu viele. Nochmal: Stechen Sie nicht leichtfertig in einem Wespennest herum, Mann. Vergessen Sie Reger, Kreitmayer.«

Homer bläst kräftig die Luft aus. Um seine Verkrampfung zu überspielen, zündet er sich eine Zigarette an.

»Reger!«, denkt er. »*Wärest du nie doch geboren und unvermählt doch gestorben, ja, das wollte ich wohl, und es wäre viel besser gewesen, als nun so zur Schande zu sein und verachtet von anderen.*«

Der unverhoffte Anruf

An diesem Samstagvormittag geben sich die Kunden von »Homer & Freunde« quasi die Klinke in die Hand. Homer und Biggi haben alle Hände voll zu tun. Das Vorweihnachtsgeschäft hat begonnen. Und Bücher stehen, entgegen aller Unkenrufe, als Geschenk für den Gabentisch noch immer weit oben auf der Beliebtheitsskala.

Ein blonder Goliath betritt die Buchhandlung. Er stellt sich seitlich vor das eine Schaufenster. Seine Hände versenkt er in den Taschen seiner Lammfelljacke. Lächelnd beobachtet er den Trubel in dem gar nicht so großen Laden. Seine blauen Augen folgen munter Homer und Biggi bei der Arbeit. Endlich fängt Homer den Blick des Riesen ein. Auf Homers Gesicht erscheint zuerst ein Staunen, dann unverhohlene Freude. Er wendet sich an die Kundin, die er gerade berät, sagt etwas zu ihr, und kommt dann herüber.

»Hallo, Ludwig.« Wie ein Kind wirkt er vor dem großen Mann, der Homer an seine mächtige Brust drückt.

»Wo kommst du denn her, Ludwig?«, will Homer wissen.

»Durch diese Tür dort, Homer«, kommt prompt die Antwort.

»Witzbold. Gestern hattest du dich doch noch aus Paris gemeldet.«

Krimmer schaut auf seine Uhr. »Vor einer guten Stunde bin ich in MUC gelandet. Und da habe ich mir gedacht, ich schaue mal eben herein.«

»Dich schickt der Himmel, Ludwig. Hast du Zeit und Lust mitzumischen?«

»Beides Homer.«

Krimmer bringt seine Jacke in Homers Büro, umarmt auf dem Weg dorthin kurz aber herzlich Biggi, und geht dann ohne jede Verlegenheit auf den nächsten Kunden zu.

Bis Homer später die Tür hinter dem letzten Kunden schließt, finden sie kaum Gelegenheit, auch nur einige Sätze zu wechseln.

Biggi küsst Homer leicht auf die Lippen. »Ich mach uns was Feines zum Essen«, sagt sie und schon ist sie weg.

Homer nimmt den Kasseninhalt, und geht in sein Büro, um die Tagesabrechnung zu machen. Ludwig folgt ihm. Er schiebt vorsichtig einen kleinen Fleck im Chaos auf dem Schreibtisch frei und setzt sich dort schräg hin. Während Homer routiniert arbeitet, unterhalten sie sich. Dann machen sie sich, Homer mit Mütze und dickem rotem Schal um den Hals, auf den Weg zur Bank.

Mit vielen Worten, wie er es so liebt, berichtet Homer Ludwig unterwegs von dem undurchsichtigen Rätsel um den Freund aus alten Tagen. Sie sind schon so gut wie zurück, Homer hält bereits den Hausschlüssel in der Hand, als er zum Ende kommt.

»Und so, Ludwig, denke ich, lief das Drama ab. Allerdings setzt sich das ganze Puzzle aus Indizien sowie einer guten Portion Fantasie zusammen. Noch immer schwebt ein dünner Vorhang vor der Wahrheit.«

»Deiner Wahrheit«, sagt Krimmer. »Ich brauche dir nicht zu sagen, dass die Wahrheit oft viele Gesichter hat.«

Homer sieht zu Ludwig hoch und nickt.

Biggi hat inzwischen den Tisch im Wohnzimmer gedeckt.

Zwei Kerzen auf dem Tisch und eine kleine Lampe in der Ecke des Zimmers tragen mit ihrem warmen Licht zur behaglichen Atmosphäre bei.

Die Stimmung ist heiter und entspannt. Biggi hat kalten Lachs und Toast vorbereitet. Von dem guten Weißwein trinkt sogar Ludwig, sonst dem Alkohol abhold, ein kleines Glas mit.

Nach dem Essen sitzen Biggi und Homer zusammen auf der Couch. In einem Sessel, die langen Beine von sich gestreckt, hat es sich Ludwig bequem gemacht.

Nun erst spricht Krimmer das Thema Haller wieder an.

»Wie gedenkst du weiterzumachen, Homer?«, fragt er.

»Ich gestehe, Ludwig, ich weiß es nicht. Im Augenblick bin ich mit meinem Latein so ziemlich am Ende. Ich komme mir vor wie beim Blindekuhspiel. Eine fremde Hand scheint mich immerzu im Kreis herumzuführen.«

Ist Ludwig Krimmer konzentriert, dann kaut er auf seiner Zunge herum, als sei sie aus Kaugummi.

»Du ahnst nicht, wem diese Hand gehört, Homer?«

»Die Antwort liegt auf der Hand.«

Homer greift nach seiner Flöte, die neben ihm auf dem niedrigen Tischchen liegt. Er spielt eine Improvisation eines bekannten Volksliedes, hält dabei die Augen geschlossen. Als er die Flöte von den Lippen nimmt, die Augen wieder öffnet, sagt er: »Was mich im Moment ebenso belastet wie das Spiel, das Hubi mit mir spielt, sind diese Träume, die in Variationen immer wiederkommen.«

»Was sind das für Träume?«

Homer erzählt dem Freund von dem Traum in seinen unterschiedlichen Versionen.
»Bist du mit deinem Vater tatsächlich mal in Florenz gewesen?«
»Nein.«
»Seit wann hast du diese Träume? Stehen sie vielleicht irgendwie im Zusammenhang mit deinen Recherchen?«
»Sie haben nach der Rückkehr aus Korfu begonnen. Ich denke, sie haben tatsächlich was mit Hubi zu tun. Aber mir fehlt der Nexus.«
»Der was?«
»Der Zusammenhang.«
»Dann sag's doch gleich.« Krimmer grinst. Dann fragt er: »Wann hattest du den letzten Traum?«
»Erst vergangene Nacht. Und er muss schlimm gewesen sein«, antwortet Biggi. »Er ist schreiend aufgewacht, war schweißnass und ihm war schlecht, dem Armen.«
Biggi streichelt sanft Homers Hand.
»Erinnerst du dich noch an den Inhalt?«
»Nicht an jede Einzelheit. Und doch hat er mich den ganzen Tag über begleitet. Ich weiß, ich wollte meinen Vater partout nicht in irgendein düsteres Gebäude begleiten. Ich war unfähig, ihm zu sagen, dass ich einfach Angst davor hatte. Da sagte er, was ich so oft von ihm gehört habe: Du hast keine Disziplin, mein Sohn. Disziplin ist das A und O eines Mannes. Plötzlich fiel es mir wie Schuppen von den Augen. Ich erkannte die Tragödie meines Vaters und erschrak zutiefst. Disziplin war das Seil, das mein Vater keine Sekunde loslassen durfte, sonst war es um ihn geschehen. Diese Klarsicht machte mich augenblicklich frei. Nun erst, jetzt endlich, konnte ich von Mann zu Mann zu ihm reden. Hast du dein Leben genossen, Vater? Hast du Krummes auch mal Gerade sein lassen? Hast du Schönes genossen? Hattest du gute Freunde? Hast du je tief geliebt? Mit jeder Frage, die ich ihm entgegenschrie, verlor mein Vater seine Konturen und wurde durchsichtiger. Vater, ich weine um dich. Da war er nicht mehr da. Ich schrie und wachte auf.«
Homer sieht mit großen Augen, als habe er den Traum gerade noch einmal geträumt, von Biggi zu Ludwig.
Der Freund hebt beide Hände und zeigt Homer die Handflächen. »Ich bin kein Seelenklempner, Homer. Aber sogar mir ist klar, dass du ein Problem mit deinem Vater hast. Vielleicht helfen dir diese Träume weiter. Mit diesem Haller hat es doch wohl weniger zu tun, denke ich.«

»*Träume, wahrlich, sind unbegreiflich und unklar, und nicht alles, was sie verkünden, geht in Erfüllung.*«

Homer greift nach seiner Flöte und spielt.

Nach wenigen Minuten unterbricht er die Melodie und legt das Instrument zurück auf das Tischchen. Er greift nach Biggis Hand, drückt seine Lippen darauf und blickt sie dabei strahlend an.

Dann zündet er sich eine Zigarette an, macht einen tiefen Zug, bläst den Rauch in Richtung Zimmerdecke und schaut ihm versonnen nach.

»Ist das nicht albern? Lasse ich mich doch von meinen Träumen ins Bockshorn jagen, krieg fast einen Koller. Dabei bin ich ein Glückspilz. Ich sitze mit zwei Menschen zusammen, die ich liebe. Kann es denn etwas Schöneres geben?« Der euphorische Ton in seiner Stimme ist nicht zu überhören.

Im Flur klingelt das Telefon.

Er nimmt den Hörer ab. »Kreitmayer.«

»Hallo, Albertus.«

Diese Stimme! Homer schlägt das Herz bis hinauf zum Hals. Wirre Gedankensplitter jagen ihm durch den Kopf. Für Sekunden ist er sprachlos.

»Bist du noch dran, Albertus?«

»Mensch, Hubi!« Seine Stimme klingt ihm fremd und schrill im Ohr.

»Hab ich dich überrascht?«

»Das ist zu harmlos gesagt.«

»Du bist doch hinter mir her, Albertus. Hast du nicht darauf spekuliert, mich aus der Reserve zu locken?«

»Hm«, macht Homer. Langsam fängt er sich wieder.

»Du hast gewonnen, Albertus. Wir müssen reden. Nur du und ich.«

»Wann, Hubi?«

Aus den Augenwinkeln heraus nimmt Homer wahr, wie sich die Wohnzimmertür öffnet und Ludwig sich gegen den Türrahmen lehnt.

»Wenn es dir passt, dann sofort.«

»Wo?«

»Existiert die Forsthütte auf der Birkeninsel noch?«

»Ja, die gibt es noch. Warum dort? Kannst du nicht herkommen? Zu mir?«

»Nein. Es könnte mich wer erkennen. Und ich liebe solche Zufälle gar nicht. Ich nehme an, gerade du kannst das gut verstehen, Albertus.« Haller lacht.

Ja, das verstehe ich, denkt Homer. »Also gut, die Birkeninsel«, sagt er.

»Hat sich in der Gegend etwas verändert, Albertus?«

»Wo?« Homer ist temporär begriffsstutzig, geht es doch in seinem Kopf noch immer einigermaßen kunterbunt zu.

»Die Birkeninsel? Der Weg dorthin?«

»Nein, im Grunde nicht. Der frühere Weg hat sich allerdings in eine Teerstraße verwandelt. Und nahe der Brücke gibt es einen kleinen Parkplatz. Sonst ist alles beim Alten.«

»Wie lange wirst du brauchen?«

»So eine gute Dreiviertelstunde, denke ich.«

»See you later, my friend«, sagt Hubi und legt auf.

Homer starrt Ludwig an. Dann geht er an ihm vorbei ins Wohnzimmer. Biggi schaut ihm entgegen. Er lässt sich neben sie ins Polster sinken.

»Es ist so weit, Biggi«, sagt er.

Dann gibt er das Gespräch wieder, als hätte er es auswendig gelernt. Er rutscht hin und her und seine Arme sind ständig in Bewegung, er ist richtiggehend zapplig.

»Bitte, Albert, geh nicht. Ich habe Angst.«

»Aber Biggi!«, ruft Homer.

»Warum will er dich dort draußen treffen? Es ist dunkel. Wenn er dir was antut?«

»Das glaube ich nicht, Biggi. Er wird mir nichts tun.«

»Das willst du glauben, Albert. Bitte, bleibe hier.«

»Versteh mich doch, Biggi, ich muss gehen.«

Biggis Augen füllen sich mit Tränen.

»Bitte, Biggi.«

»Ich begleite Homer«, mischt sich Ludwig ein. »Ihm passiert nichts, Biggi. Ich verspreche es.«

Biggi seufzt.

Finale auf der Birkeninsel

In Ludwig Krimmers altem Porsche, der einen starken Motor unter der Haube hat, fahren sie los. Unterwegs wechseln die beiden Männer nur wenige Worte. Wenn, dann geht es ausschließlich um den Weg.

Irgendwo in der Nähe der Au sagt Homer: »Jetzt kommt gleich eine Rechtskurve. Danach ist es nur noch ein knapper Kilometer.«

Krimmer bremst ab und schaltet die Scheinwerfer aus. Der Sportwagen rollt nur noch in Schrittgeschwindigkeit dahin.

»Hier!«, sagt Homer bestimmt.

Ludwig lenkt den Porsche von der Fahrbahn nahe an die dunkle Front der Büsche heran und stellt den Motor ab. Dann greift er hinter sich.

»Was willst du mit einem Fernglas in der Dunkelheit, Ludwig?«

Krimmer kichert. »Das ist ein Nachtglas, mein Freund, eines von der besten Sorte.« Er öffnet die Tür. »Ich sehe mich mal um. Bleib bitte hier. Okay?«

Krimmer steigt aus, drückt die Tür leise ins Schloss und huscht mit der Gewandtheit einer Katze davon.

Nach einer Ewigkeit, wie es Homer erscheint, obwohl nicht mal zehn Minuten vorüber sind, taucht der Riese wie aus dem Nichts wieder auf.

»Auf dem Parkplatz steht ein Mercedes. Drinnen sitzt eine Frau«, berichtet er, nachdem er sich in den Fahrersitz hat fallen lassen.

»Franka?«

»Ich hab sie nicht gefragt. Und: Am Ende der Insel, nördlich der Hütte, steht ein Mann. Ich denke, das wird Haller sein.«

Homer hält Ludwig etwas kleines Dunkles entgegen.

»Was ist das?«, will Krimmer wissen.

»Eine Trillerpfeife.«

»Eine Trillerpfeife? Für was?«

»Wenn ich pfeife, Ludwig, dann wird es höchste Eisenbahn für dich.«

»Du hast also vorgesorgt, Homer. Gut, wenn es dich beruhigt, nimm die Pfeife ruhig mit.« Krimmers Ton klingt amüsiert. »Aber denke daran, ich werde dich ständig im Auge behalten. Sorge du dafür, dass ich die Sicht frei habe. Klar?«

»Klar.«

Homer steigt aus.

»Noch was«, sagt Krimmer. »Beachte das Auto überhaupt nicht. Geh direkt zur Brücke, ja?«

»Mach ich.«

Es ist kalt. Homer ist froh, sich warm angezogen zu haben, mit Handschuhen, Pullover unter der dicken Jacke, und Mütze. Die Umgebung mit den Schatten von Büschen und Bäumen steht grauschwarz gegen den sternenklaren Himmel. Obwohl er Ludwig hinter sich weiß, läuft es ihm den Rücken herunter. Ohne den Freund würde er sich vor Angst wahrscheinlich in die Hosen pinkeln. Er reißt sich zusammen. Tapfer marschiert er durch die Dunkelheit, erreicht den Parkplatz, sieht den Wagen unter den Bäumen. Ludwigs Rat folgend hält er sich links und geht geradewegs auf die Brücke zu. Auf den dicken Holzbohlen hallen seine Schritte wie dumpfe Trommelschläge. Irgendwo in der Nähe schreit ein Vogel. Homer hält erschrocken inne und lauscht in die Nacht. Leise hört er das Wasser unter sich rauschen. Er streift die Handschuhe ab, schiebt sie in die Jackentasche, steckt die Trillerpfeife in die Hosentasche. Jetzt wird ihm bewusst, dass ihm mehr als warm ist. Er zündet sich eine Zigarette an. Dabei zittern seine Hände leicht. Er macht zwei tiefe Züge, fischt die Pfeife wieder aus der Tasche. Langsam geht er weiter. Vor sich erkennt er die fast schwarze Silhouette der Blockhütte. Schritt um Schritt nähert er sich. Noch vor der Hütte bleibt er lauschend stehen, geht dann daran vorbei und folgt dem Pfad, der zur Inselspitze hinführt.

Und wenig später sieht er den großen schlanken Schatten, vorne, nahe am Wasser.

Er ruft: »Hubi!?«

»Albertus?«, kommt es postwendent zurück.

Langsam geht Homer weiter. Hubi zeigt ihm noch immer den Rücken, er schaut auf den Fluss hinaus.

Dann stehen die beiden Männer nebeneinander, schweigend. Zarte lang gezogene Nebel schweben dicht über dem Wasser den Fluss hinunter.

Lange fällt kein Wort.

Es ist schön hier, denkt Homer, kitschig romantisch. Wäre es doch nur nicht so kalt.

Endlich sagt Homer: »Non sum qualis eram.«

»Das ist richtig, Albertus. Es gibt keinen Hubert Haller mehr. Mein Name ist Ken Putland.«

Auch nichts Neues, weiß ich von Peter, denkt Homer, und sagt: »Ach nee! Warum hast du mir das nicht auf Korfu gesagt?«
»Ich gestehe, das war ein Fehler. Viele Mühe wäre uns erspart geblieben – uns beiden. Meinst du nicht auch?«
»Allerdings, Hubi. Ich muss doch nicht Ken zu dir sagen oder?«
Haller lacht. »Nein, musst du nicht.« Er sieht wieder über das dunkle Wasser. Die Nebelschwaden dehnen sich aus, als hauchdünne Schleier ziehen sie dahin.
»Ich hoffte, ich könnte dich täuschen, zumindest verunsichern. Gleichzeitig ahnte ich, dass es nicht so sein würde. Du würdest deine lange Nase in meine Angelegenheit stecken und nach Trüffeln schnüffeln. Ich würde etwas tun müssen, wurde mir bald klar.«
»Zum Beispiel mich aus dem Weg zu räumen.«
»Was redest du da?«
Wie echt sein Erschrecken klingt!
»Korfu, Hubi. Ein Bösewicht hat versucht, mich über den Haufen zu fahren.«
»Nein, Albertus. Da muss jemand etwas falsch verstanden haben.«
»Welcher jemand?«
Haller schweigt. Dann sagt er leise: »Ist das noch so wichtig für dich, Albertus?«
Jetzt schweigt auch Homer. Natürlich weiß Hubi, wer hinter dem Lenkrad des klapprigen Kastenwagens saß.
Jetzt werde ich dir einen Becher bittere Medizin reichen, Hubi, denkt Homer. Von wegen mit meiner langen Nase nach Trüffeln schnüffeln!
»Ich hab mit Gundi gesprochen«, sagt Homer.
Haller reagiert nicht.
»Hubi, hast du mich verstanden?«, fragt Homer nach.
»Ich bin nicht taub, Albertus.« Haller klingt gereizt. »Wie geht es ihr?«
»Jetzt geht es so, denke ich. Sie ist Puppenmutter.«
»Was heißt das?«
»Sie stellt Puppen her.«
»Das meine ich nicht.«
»Ach so. Euere Trennung damals hat sie aus der Bahn geworfen. Später war sie lange krank.«
»Verdammt. Es war eine so saudumme Geschichte.«
»Soll ich dir mehr erzählen?«
»Nein.«

Homer spürt deutlich, dass er da einen wunden Punkt bei Hubi getroffen hat. Der starrt geradeaus und schweigt. Zeigt der coole Hubi da womöglich Emotionen?

Nein, ich sage nichts. Jetzt bist du dran, Hubi, denkt Homer. Er zündet sich eine Zigarette an, die er fast bis zur Hälfte geraucht hat, als Hubi sich räuspert.

»Wem noch hast du gesagt, was du Doktor Förster gesagt hast, Albertus?«

»Nur meinen engsten Freunden.«

»Halten die den Mund?«

»Für sie lege ich meine Hand ins Feuer.«

»Was ist das wert?« Hallers Stimme klingt leicht aggressiv.

»Alles.«

»Der gute Doktor Förster war außer sich. So lange war alles gut gegangen. Längst war hohes Gras über alles gewachsen. Nachdem du ihn besucht hast, schienen ihm die Felle davonzuschwimmen. Er war regelrecht hysterisch. Es war nicht leicht, ihn zu beruhigen.«

Homer fühlt Hallers Blick.

»Hör zu, Albertus! Ich erzähl dir eine Geschichte. Lass mich reden, unterbrich mich nicht. Ja?«

Hört Homer richtig? Holt Hubi tief Luft?

»Vor vielen Jahren lebte ein Mann in Firstau. Er war ein glücklicher Mann. Er hatte eine fantastische Frau, einen wunderbaren Job, der ihm Freude machte und in dem er Erfolg hatte. Da jedoch kein Glück ohne Stacheln ist, hing auch ihm ein Problem am Hals. Das Problem war sein Freund, der auch sein Partner war. Und da der Mann viel von Freundschaft hielt und hält, fiel es ihm gar nicht leicht, dem Freund kräftig auf die Zehen zu treten. Erst als dessen Spielleidenschaft für die gemeinsame Firma lebensbedrohlich wurde, setzte sich der Mann mit seinem Anwalt zusammen. Sie entwickelten einen Plan, um den Partner ins Leere laufen zu lassen. Der beste Techniker der Firma würde den einen Teilbereich eigenständig übernehmen. Den anderen Bereich sollte eine australische Holding, die dem Schwiegervater des Mannes gehörte, in die Hand nehmen, um weltweit die Lizenzvergabe zu steuern.

Kurze Zeit nach der Hochzeit hatte der Schwiegervater dem Mann zwei australische Pässe gegeben. Was sollte er damit? Man weiß nie, mein Sohn. Schau dir nur die unruhige Geschichte des kleinen Europa an. Vielleicht musst du mal unauffällig verschwinden. Jetzt wurden diese Pässe ein Teil des Planes. Unter dem Namen Putland würde das Paar Deutschland verlassen. Der betrügerische Freund und Partner bliebe mit leeren Händen zurück.

Soweit der scheinbar wasserdichte Plan. Alles lief perfekt ab und der Moment des Absprunges rückte näher. Nur noch die letzten Tests eines Modules und dann wäre es soweit.

Am frühen Nachmittag saß der Mann in seinem Büro und ging noch einmal Punkt für Punkt das Konzept des Moduls durch. Plötzlich platzte der Partner herein. Während solch einer Arbeit ließ sich der Mann nur ungern stören, normalerweise. Doch jetzt kam ihm die Unterbrechung ganz Recht, konnte er doch dem Partner sagen, dass er am kommenden Morgen mit der Piper zu einem Flug starten wollte. Der Partner lachte und sagte, das ginge nicht, da er dringend nach Augsburg fliegen müsse. Auf einen Tag käme es wohl nicht an. Der Mann meinte, Augsburg sei nicht weit, da könne der Partner auch mit dem Auto fahren. Als wichtiges Argument wollte er den Test des Moduls vorbringen, ließ es aber im letzten Moment sein. Er fühlte, wie sein Ärger sich langsam in Wut verwandelte. Der Partner grinste, hob die Schultern und verließ das Büro.

Eine Stunde später fuhr der Mann hinaus zum Flughafen, trug den Flug und seine Frau als Passagier ins Logbuch ein. Danach baute er das Modul in die Piper ein. Käme ihm der Partner doch zuvor, dann sollte der tollkühne, von manchen bewunderte Flieger doch mal so richtig ins Schwitzen kommen. Das Modul war keineswegs problematisch. Wusste man davon, war es, seiner Aufgabe gemäß, eine Erleichterung für den Piloten. Doch unter bestimmten Bedingungen beeinflusste und veränderte es die Flugeigenschaften.

Beim Abendessen sprach der Mann mit seiner Frau. Kann wirklich nichts passieren, fragte sie. Der Kerl soll es ruhig mal so richtig mit der Angst bekommen, sagte der Mann und fügte den schicksalhaften Satz hinzu: Wenn er vom Himmel kippt, dann haben wir ihn vom Hals. Seine Frau sah ihn nur an, sagte jedoch nichts.

Erst als sie im Bett lagen, sagte die Frau: Was ist, wenn er seine Frau mitnimmt?

In der Nacht wachte der Mann mehrmals auf. Und jedesmal ging ihm sofort die letzte Frage seiner Frau durch den Kopf. Am frühen Morgen wurden seine Bedenken doch so stark, dass er seine Frau weckte und sie bat, mit ihm zum Flughafen hinaus zu fahren.

Schon von der Zufahrt aus sah ich mit Schrecken die Piper zum Start rollen.

Dieser Idiot!

Kaum, dass Franka anhielt, sprang ich aus dem Auto. Mit beiden Armen in der Luft herumwedelnd, rannte ich auf das Flugfeld. Doch die Maschine hob ab, stieg auf, beschrieb eine Kurve. Als sie über uns hinwegflog, sah ich Claudia winken und Günter wackelte wie höhnisch mit den Tragflächen. Vor Schreck wie gelähmt, starrte ich entsetzt zur Maschine hoch. Dicht hinter dem Wald fiel die Piper wie ein Stein. Unmittelbar danach hörten wir die Explosionen. Wir sahen den schwarzen Rauch aufsteigen.

Himmel, lass das nur einen schrecklichen Albtraum sein, pochte es in meinem Kopf.«

Haller hat monoton und ohne Pause gesprochen. Er scheint alles noch einmal zu durchleben. Er atmet schneller. Schon wieder Gefühle beim Eisblock Hubi?

»Es war ein Unfall, Albertus, glaub mir. Allerdings habe ich bewusst Vorschub geleistet. Mit dieser Schuld muss ich leben.«

Erst nach einer Weile spricht er weiter.

»Franka fasste sich vor mir. Am Arm zerrte sie mich zu den Autos. Sie startete Günters Auto. Wie immer war es offen und der Schlüssel steckte. Auf der Fahrt zu unserem Haus löste ich mich allmählich aus meiner Erstarrung. Keine zwanzig Minuten brauchten wir zum Packen. Dann fuhren wir nach Riem. Dort ließen wir Günters Auto stehen. Über Zürich und London flogen wir nach LA. Von dort über Hawaii nach Sydney, wo wir erst einmal bei Frankas Familie blieben. Über Telefon hielt uns Doktor Förster auf dem Laufenden. Nachdem wir – Franka und ich – in Firstau unter der Erde waren, ließen wir uns in der Nähe von Perth nieder. Während ich mich in meine Arbeit vergrub, managte Franka unser neues, zweites Leben. In den folgenden Monaten traf sie sich mehrmals mit Doktor Förster in London.

Solange mein Schwiegervater lebte, ging alles seinen Weg. Mit Frankas Brüdern jedoch bin ich nie klar gekommen. Einer meiner Golfpartner hatte einen Schwager, der eine Taverne auf Korfu besaß und die Wintermonate bei seiner Schwester verbrachte. Es führt zu weit, Albertus, dir jede Einzelheit darzulegen, die uns dazu brachte, mit Hilfe dieses Mannes nach Korfu zu gehen.«

Haller schweigt.

»Was ist mit deiner Arbeit, Hubi ... ich meine, du bist Ingenieur?«

»Was soll damit sein, Albertus? Ohne sie würde ich aufhören zu existieren.« Haller lacht leise. »Glaubst du vielleicht, Tavernenwirt sei für mich die Erfüllung? Es ist eine prima Tarnung für meine tatsächliche Arbeit. Jede freie Minute sitze ich in meinem winzigen Kabuff über meinen Plänen und Berechnungen. Ich tüftle quasi im Trocknen. Das Winterhalbjahr verbringen wir in Australien. Ein Stück weg von Darwin, ganz im Norden, haben wir eine kleine Farm. Sie wird von Aborigines bewirtschaftet. Jede Farm dort hat eine Flugpiste. Dass ich ein eigenes Flugzeug habe und was ich in meinem Schuppen treibe, das interessiert dort keine alte Sau, will ich mal salopp sagen. Sind meine Arbeiten ausgereift, gehen die Pläne nach Sydney und oder nach Dießen.«

Haller legt seine Hand leicht auf Homers Arm. »Ist dir die Auskunft erschöpfend genug, Albertus?«

Nach einer Weile fragt Homer: »Und jetzt, Hubi?«

»Noch haben wir uns nicht entschieden. Es hängt allein davon ab, was du zu tun gedenkst, Albertus.«

»Ich?« Homer gibt sich erstaunt.

In aller Ruhe zündet er sich eine Zigarette an.

In seinen Gedanken geht die Erzählung von Haller seine Wege. Vater, habe ich wieder einmal keine Disziplin?

Nachdem er den Rest seiner Zigarette weit ins Wasser geschnippt hat, sagt er: »Ich werde nichts tun, Hubi. Niemand hätte was davon.«

Hubi stößt die Luft aus.

»Dann werden Franka und ich zurück nach Korfu gehen.«

»Wirst du mich kennen, Hubi, wenn wir uns dort wieder treffen?«

»Du hast vor, uns zu besuchen?«

»Ich habe in Acharávi ein Haus. Und meinem ältesten Freund gehört der St. George's Bay Country Club.«

»Also war es wohl nur eine Frage der Zeit, dass wir uns über den Weg laufen mussten«, konstantiert Haller.

»So ist es, Hubi.«

Der Nebel liegt inzwischen wie eine weißgraue Decke über dem dunklen Wasser der Au.

»Ich danke dir, Albertus«, sagt Haller. »Du bist ein netter Kerl, wenn man mal von deiner impertinenten Neugier absieht. Vielleicht können wir ja wieder Freunde werden.«

War das eine Frage oder eine Feststellung?

»Alles ist möglich, Hubi, denke ich«, bleibt Homers Antwort im Unbestimmten.

»Komm, Albertus, ich möchte dir Frau Putland vorstellen.«

»Ich wette, dass ich Frau Putland kenne«, behauptet Homer leise.

»Schon in der Schule warst du ein verschrobener Knabe, Albertus. Du hast dich kaum verändert, weißt du?«

Dazu will sich Homer nicht äußern.
Haller schlägt ihm leicht auf den Rücken.
»Komm, lass uns gehen.«
Haller stakst auf dem schmalen Pfad voran. Homer beobachtet wie gebannt den eigentümlichen Bewegungsablauf des Freundes aus alten Tagen. Sie erreichen das Blockhaus, gehen daran vorbei und auf die Brücke zu.
»Ich würde dich und deine Frau gerne einladen. Du könntest meine Freunde kennen lernen.«
Mitten auf der Brücke bleibt Haller stehen.
»Danke für deine Einladung, Albertus. Es ist verlockend, bestimmt. Aber das Risiko ist mir einfach zu hoch. Ich bin kein Masochist, der den Ritt auf der Rasierklinge an sich liebt.« Haller legt seine Hand auf Homers Schulter. »Wir feiern ein Fest, wenn du das nächste Mal auf Korfu bist.«
»Auch keine schlechte Idee, Hubi.«
Auf dem Weg über den Parkplatz sagt Homer: »Noch eine letzte Frage, Hubi: Wer von euch beiden schreibt an Günters Eltern?«
»Franka. Es war ihre Idee.«
Eine Frau steht neben dem Auto. Haller geht zu ihr hin und legt seinen Arm um ihre Schulter.
»Ich möchte dir Franka vorstellen, Albertus. Franka, das ist Albert Kreitmayer, genannt Albertus.«
Franka Haller hält Homer ihre Hand hin. »Wir kennen uns, wenn auch nur vom Sehen, nicht wahr, Herr Kreitmayer?«
»Jetzt fress ich einen Besen«, sagt Haller lachend.
Abrupt erstirbt sein Lachen. Er starrt an Homer vorbei. Und schon steht Krimmer neben ihnen.
»Das ist mein Freund Ludwig«, sagt Homer. »Ich gestehe, ich war nicht mutig genug, alleine zu kommen.«
»Alles klar, Homer?«, erkundigt sich Ludwig.
»Homer?«, fragt Haller.
Wenn das keine Gelegenheit ist, ein Zitat anzubringen?
»*Es gebe dir Zeus und die anderen unsterblichen Götter, was du am meisten dir wünschst.*«
Homer streckt Haller seine Hand hin.

Inhalt

Prolog 7
Das Haus im Olivenhain 11
Die Schrift im Sand 17
Der Mann mit den roten Haaren 20
Verfolgung in den Bergen 24
Herrenrunde im Ischia 30
Der Klassensprecher 36
Aus dem Archiv 40
Bei Gundi 44
Der alte Lehrer 51
Gespräch im Aero-Club 57
Das Orgelkonzert 64
Vom Erdboden verschluckt 67
Der Gärtner und der Fotograf 76
In der Holledau 81
Der Rechtsanwalt 87
Treffen im Yacht-Club 96
November-Renntag 104
Der unverhoffte Anruf 111
Finale auf der Birkeninsel 116